_____ 님께

....

....

....

....

....

....

....

_____ 드림

조승부 수필집

일과 결혼에 성공하는 법

글 조 승 부

㈜이화문화출판사

우리는 세상을 살아가면서 많은 일에 부딪히게 된다. 그때마다 그 일은 자신이 처리하는 것이 일반적이다. 물론 때에 따라서는 부모, 친구, 지인 등으로부터 조언을 듣는 경우도 있지만 자신이 살아오면서 터득한 방법으로 해결하는 경우가 대부분이다. 지금까지 그 문제를 대부분 원만하게 처리하였지만, 그 중에는 좀 더 잘할 수 있었던 것인데 어딘가 모르게 부족한 부분이 있어 아쉬움이 남는 경우도 있다.

하나의 식물을 키워 열매를 얻을 때까지 햇빛, 비, 바람이 필요하듯이 우리의 삶도 빛을 내기 위해서는 지식, 지혜, 경험이 중요하다고 생각한다.

우리들이 인생의 성공에 관하여 생각하는 것은 대체적으로 좋은 직장 또는 훌륭한 사업을 해서 부를 얻는 것과 좋은 배우자를 만나서 행복한 생활을 하는 것 등 두 가지로 대별할 수 있다. 필자는 가장 중요한 인생의 선택에 있어 다소나마 도움이 될까 하여 자기계발과 결혼문제에 대해서만 서술하기로 하였다. 그러므로 이 책이 조금이나마 자기계발과 완전한 결혼이 필요한 사람에게 도움이 되었으면 한다. (*결혼문제에 대해서는 마침 결혼신문사 재직시 쓴 칼럼을 밑바탕으로 자료를 보충 수집하여 정리했음을 밝혀 둔다.)

이 책이 나오기까지 편집에 도움을 준 박천혁 선생과 전체 틀을 잡아주고 교정해준 (주)서예문인화출판도서 원일재 사장에게 감사를 드린다. 끝으로 이 책이 나오게끔 물심양면으로 도움을 준 필자의 아들 덕진에게 새삼 고마움을 전하고 싶다.

2023.5 따스한 봄날

서재에서 조 승 부

조승부 수필집

일에
성공하는 법

진정한 성공의 의미

일반적으로 사람이 세상에 태어나 사회생활을 하면서 부와 명예, 권력을 가지게 되면 성공했다고 한다. 하지만 이것이 진정한 성공의 지표라고 볼 수는 없다. 외적인 결과만 볼 것이 아니고, 그보다 현재 하고 있는 일을 즐기고 성취감을 느끼는 경우가 더 바람직하다고 본다. 그렇게 하기 위해서는 지금까지 생각한 사고방식을 벗어나서 새로운 패러다임을 찾아야 한다.

그 자세한 실천 방안을 세분하여 본다.

첫째, 사람들에게 성공했다고 하는 말을 듣는 것보다는 자기가 이룩한 일에 성취감을 느끼는 것이 더 중요하다. 자기가 한 일 중 자랑할 만한 일이 적더라도 자기가 노력하여 이룬 일에 성취감을 느낄 수 있다면 더욱 좋을 것이다. 또한 일을 함에 있어 남의 눈에 띄고 인정받기 위해서 무엇이든 하는 것보다는 남들에게 별로 인정받지 못하더라도 이에 개의치 않고 꾸준히 열심히 하는 것이 중요하다.

둘째, 함께 일을 하면서 남들을 따돌리고 자기만 성장하겠다는 생각보다는 타인과 협력하여 함께 동반성장하는 것이 더 낫다.

셋째, 계속하여 나에게 무슨 이득이 있는 것을 하는 것보다는 다른 사람을 위해 어떤 문제를 해결할 수 없을까 생각하는 사고방식의 전환이 필요하

진정으로 성공한 사람은 수시로 남을 위해 봉사하면서
결과의 즐거움과 삶의 의미를 찾는다.

다. 그리하여 자기보다는 다른 사람의 당면 문제 해결을 도와주는 것이 더 현명하다고 생각한다.

넷째, 이룩한 성과의 최종결과에만 집착하지 말고 과정에 더욱 초점을 맞추고 결과에 승복하다 보면 성과는 저절로 따라온다는 사실을 알아야 한다.

다섯째, 성공이란 정상을 향해 순탄하게 올라가는 과정만 있는 것이 아니며, 도중에 어려운 난관에 처할 수 있다. 이때 포기하지 않고 끝까지 올라가는 끈기가 필요하다. 난관을 극복하고 다시 계속 오르면 자신감이 생긴다. 만약 실패를 하게 되면 이것을 교훈삼아 재도전하는 자세가 필요하다.

여섯째, 보통사람들은 자기가 한 일에 좋은 결과가 나오면 자기를 인정해주기를 바라는데 누가 공로를 차지하든 이에 상관하지 않고 묵묵히 앞으로 나아가는 마음가짐이 더 중요하다.

일곱째, 성공하여 모든 것을 가져도 항상 부족함을 느끼게 되는 것이 인생사이다. 그러므로 자기가 조그마한 일을 완수하더라도 그 성과에 만족하고 성취를 느끼고 다음에 할 일을 계획하는 자세가 필요하다.

일반적으로 성공한 사람은 자기 자신에게 만족하고 자신에게만 봉사하는 사람이라고 생각하기 쉽다. 하지만 진정으로 성공한 사람은 수시로 남을 위해 봉사하면서 결과의 즐거움과 삶의 의미를 찾는다. 그러므로 인생의 진정한 보람을 느끼는 것이 올바르고 건전한 성공의 길이라 할 수 있겠다.

02

부자가 되는 길

사람은 사회생활을 하면서부터 경제적 문제가 제일 먼저 대두된다. 이는 한 시도 없어서는 안 될 가장 필요한 것이다. 그래서 많은 사람들이 '어떻게 하면 많은 부를 축적할 수 있을까?' 하면서 그것을 갈망하고 있다.

순간 필자에게 '우리가 말하는 갑부는 어떠한 사람이 되는가? 그리고 그들은 어떻게 사회적 활동을 하는가?' 하는 문제가 떠오른다. 그리고 '그들의 인물이 좋은가, 학벌이 좋은가, 집안 환경이 좋은가?' 하는 궁금증이 생긴다. 그러한 것을 자세히 살펴보면, 그 조건이 보통 일반인이 갖고 있는 조건과 별반 다르지 않음을 알 수 있다.

부자에는 먼저 부유한 부모로부터 물려받은 상속재산으로 부자가 된 사람과, 또 하나 자기 스스로 노력하여 부자가 된 사람의 두 종류가 있다. 그리고 부자는 가진 재산의 정도에 따라 대별할 수 있는바, 어느 정도 재산을 가진 자와 이보다 훨씬 많이 가진 억만장자로 나누어 생각할 수 있다.

지난 번 모 일간지에 게재된 통계에 의하면, 우리 화폐 단위로 1조 3천억 원이라는 재산을 가진 사람도 있다고 한다. 보통사람은 상상도 할 수 없는 큰 액수이다. 여기에 언급된 사람들을 분류하여 보면 부모로 재산을 물려받은 사람이 절반이고, 나머지는 자기 스스로 노력하여 얻은 자수성가한 사람이라고 한다.

우리나라의 억만장자는 약 50명 정도가 된다고 한다. 이들의 업종을 보면 다양하다. 전자통신, 제조업, 생활용품, 서비스업 등이다. 이들의 성격은 진취적이고 활동적이며 하면 된다는 신념과 항상 자신감에 차있다. 그들의 사업은 처음부터 잘 된 것이 아니고 실패를 여러 번 겪고 어려운 재정 상태에 놓여 있더라도 그것을 극복하고 이끌어나가는 기질이 있다. 즉 실패를 여러 번 해도 좌절하지 않고 앞으로만 나가는 끈기와 용기를 가졌다고 하겠다. 특히 이들은 정보를 남들보다 빠르게 얻고, 항상 계획을 먼저 세우고, 사물을 관찰하는 섬세한 성품을 지니고 있다. 이렇게 힘들게 얻은 부를 사용할 때는 자기 자신보다는 다른 사람을 위해 베푸는 성격을 갖고 있다. 특히 자기 가족 구성원이 경제적 도움을 필요로 할 때 도움을 청하기 전 먼저 필요함을 알아차려서 나누어 주는데, 한 번에 큰 액수를 나누어 주고 그것도 수시로 나누어 준다고 한다. 이는 자기 가족은 물론 잘 아는 지인에게도 마찬가지이다. 이러한 행동은 자신이 이룩한 부를 타인에게도 베풀어주는 봉사정신이라 할 수 있겠다.

우리 보통사람도 성공한 부자의 성품을 본받아서 끊임없이 노력하면 크게 부자가 되지는 못하더라도 갑부 정도의 부자가 될 수 있다고 본다. 이 글을 통하여 부자에 대한 생각을 다시 한 번 해보는 기회가 되었으면 한다.

03

인생을 즐겁게 사는 법

사람은 바쁘고 힘든 삶에 얽매여 쉴 새 없이 일만 하고 살았지 삶 자체의 즐거움을 모르고 살아가고 있다. 행복이란 말은 나와는 관계없이 저 멀리에 존재하는 것으로만 여겨왔다. 그러나 행복의 즐거움은 정작 저 먼 곳에 있는 것이 아니라 아주 가까운 곳에서 얼마든지 찾을 수 있다.

성장해가는 아이들을 본다거나, 사랑하는 연인을 만나 대화를 나눈다거나, 직장에서 승진을 한다거나, 자기 집을 처음 장만한다거나, 아이들이 성인이 되어 직장에 취직한다거나 하는 등을 통해 행복을 찾을 수 있는 것이다. 이러한 행복을 갖기 위해 지금까지 얼마나 노력했는지 생각하면서 잠시나마 행복에 젖어들 수 있다.

그러나 인간의 속성상 이런 행복은 얼마 지나면 잊혀지고, 바로 일상으로 돌아오게 된다. 이처럼 우리의 행복은 잠시간이며 일시적이다. 주변에서 매일 일어나는 불쾌한 일은 한두 가지가 아니다. 가정에서의 경제적 문제, 직장에서의 경쟁, 대인간의 좋지 못한 관계, 친구들에게 듣는 싫은 소리, 심지어 가족이나 친척들로부터 듣게 되는 서운한 소리 등등이다. 이러한 경우에 본인이 현명하게 대처하지 않으면 직장에서나 가정에서 온전한 삶을 누리지 못한다. 사람이 행복에 젖어있을 때 뒤돌아보면서 '그래. 내가 이 맛에 살지.'라고 말하지만 세상은 온전한 행복을 항상 느낄 수 있도록 가만히 두지 않는다.

이러할 때 진정한 행복은 어디에 있을까? 그 답은 바로 자기 주변에 있다. 그렇지만 그것은 자신의 마음속에 숨어있기 때문에 잘 발견하지 못한다. 이러한 내용을 먼저 깨닫고 마음속에서 행복을 찾아야 한다. 내가 하루 동안 하는 일과에서 보람을 느끼고, 매시간을 뜻있게 사용하는지 살피고, 순간순간을 즐겨야만 진정한 행복을 찾을 수 있는 것이다.

가정에서나 직장에서 받는 부담을 하루아침에 줄일 수 있는 위치에 있는 사람은 거의 없다. 그러나 이러한 부담을 자신이 가진 능력, 욕구, 진취성 등을 토대로 자신의 개성과 조화를 이루는 노력이 필요하다.

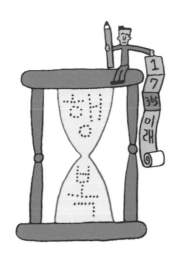

자기가 중심이 되어 생활의 활력을 불어넣고, 같이 동화되어야만 건강을 유지하고 몸과 마음이 정상화되어 대인간의 관계가 원만히 해결될 수 있고 모든 것이 잘 되어 삶의 보람을 느낄 수 있는 것이다.

구체적 방안으로는

첫째, 자신이 자신을 리드하고, 행복의 지도를 그리고, 시간을 완전히 장악하여 100% 잘 활용해야 한다.

둘째, 자기가 원하는 목표를 단계적으로 세워 확실한 미래의 비전을 갖고 있어야 한다.

셋째, 생활 자체를 행복과 즐거움에 주안점을 두고 인생을 설계하되, 하루 계획을 먼저 세우고, 다음은 일주일 계획, 최종적으로 일년 계획까지 세워두어야 한다. 또한 계획에 따른 성과도 일일이 기록해 두는 것이 좋다.

이러한 행동을 통해 자기가 즐거움을 느끼면, 혼자만 그것을 느끼지 말고 가족, 친구, 지인까지 범위를 넓혀 함께 행복한 즐거움을 느낄 때만이 진정한 행복이라 할 수 있다.

04

부정적인 고정관념에서 탈피하는 법

　사람이 사회생활을 하다 보면 고정관념 때문에 일을 시작하기 전부터 그 생각이 떠올라 매끄럽게 처리할 수 없는 경우들이 있다. 그것을 벗어나는 법을 알아보겠다.

　어떠한 일을 할 때 두 가지 이상의 모순되는 일을 동시에 접하게 될 수 있다. 이때는 정신적 불편함을 없애기 위해 자신의 정신과 행동을 바꾸어야 한다. 인간은 항상 일련의 이야기를 만들어 자기를 합리화하는 속성이 있기 때문에 이처럼 상충되는 상황이 발생하면, 자신의 잘못된 판단에 발이 묶이지 말고 자신의 결정이 옳지 않았음을 인정해야 한다.

　'어떻게 하면 인지 부조화를 피할 수 있을까?' 그것은 바로 문제를 인정하고 직시하며 마주보는 것이다. 문제를 확실히 파악했다면 문제의 절반은 해결한 셈이다. 이러한 문제해결의 첫걸음은 어딘가에 문제가 있음을 알아차리고 자신의 모순과 부조화를 직시하고 자신의 결정이 틀린 것을 인정하기만 하면 자기의 비이성적인 결과를 되돌아 볼 수 있는 것이다.

　다음에 실패를 겪거나 예상과 다른 결과가 나왔을 때는 성급히 결론을 내지 말고 먼저 자기 자신에게 이렇게 질문을 해보자.

첫째, 지금 내 기분이 어떤지 물어라.

자신이 느끼는 감정은 가장 진실한 반응이자 가장 중요한 요소이기 때문이다. 자신의 감정을 감출 필요는 없다. 즐거우면 즐거운 대로, 괴로우면 괴로운 대로 느끼면 된다. 이때 주안점은 왜 이러한 기분이 드는지 자기 자신에게 물어보는 것이다.

둘째, 정말로 최선을 다했는지 물어라.

자신이 할 수 있는 모든 일에 100%의 노력을 기울였다면 마음을 비우고 결과를 받아들여라. 만약 자신이 그다지 노력하지 않았다고 판단되면 더 노력하겠다고 다짐하면 된다.

셋째, 현재 자신에게 닥친 일이 내가 아닌 다른 사람에게 일어났다면 나는 어떻게 생각하고 또 어떻게 행동할 것인가를 물어라.

그리하면 사실 나의 생각과 행동이 나 자신에게 불편함을 주고 있을 때가 많음을 알게 된다.

결론적으로 이런 인지 부조화를 피하려면 용감하고 진취적으로 자기 자신을 대하고 지혜롭게 해결할 수 있는 슬기로움이 필요하다 하겠다.

조승부 수필집

진정한 친구를 얻는 법

우리들과 함께 사회생활을 하는 사람들은 크게는 가족, 친척, 지인으로 나눌 수 있다. 이 중 특별히 친한 친구인 지인은 우리가 살아가는 데 가장 필요한 사람이다. 나와 뜻이 맞고, 나를 이해하고, 내가 어려울 때 나를 도와주는 그야말로 세상에 없어서는 안 될 귀중한 존재이다.

직장이나 사회의 어느 곳에 훌륭한 인품을 소지한 사람이 있어 이러한 사람을 친한 친구로 만들고 싶다면

첫째, 먼저 상대에게 다가가야 한다. 상대와의 적당한 거리, 즉 서로의 표정을 읽을 수 있지만 몸은 닿지 않는 정도의 거리를 유지할 필요가 있다. 예컨대, 커피숍에서 테이블을 사이에 두고 마주앉는 경우이다. 이것을 심리학적으로 근접성이라 하는데 인간관계에서 매우 중요한 요소이다. 그저 사람을 만나는 것만으로도 정을 쌓을 수 있기 때문이다. 친하고 싶은 상대가 있다면 무조건 그의 시선이 닿는 범위 안으로 들어가야 한다.

둘째, 접촉 빈도를 높여야 한다. 접촉 빈도는 일정 기간 상대가 나를 본 횟수인데 기본적으로 횟수가 많으면 많을수록 좋다. 그렇게 하고 나면 금세 익숙해진다. 그리고 이것을 자주 하다 보면 점차 좋아하는 마음이 생긴다. 다시 말하면 아무것도 하지 않고 단순히 만나는 횟수를 늘리는 것만으로도 호감을 얻을 수 있다. 그런 의미에서 자주 만나는 것은 절대 빠질 수 없는 우정공식이다.

셋째, 함께 보내는 시간을 늘리는 것이다. 앞서 언급한 바와 같이 적당한 거리를 유지하며 만남의 빈도를 높이되 상대와 함께 충분한 시간을 보내야 처음의 낯설음과 어색함을 해소할 수 있다. 아예 말을 하지 않는 것보다 잡담이나 의미 없는 이야기들을 이어가는 것이 낫다. 누군가와 친구가 되려면 반드시 두 사람 모두가 이를 원해야 한다. 상대가 아직 나의 친구가 될 준비가 되지 않았다면 지나치게 적극적인 태도를 취하는 것을 삼가야 한다. 상대가 나와 한 공간에 함께 있는 것이 익숙해져야 방어적인 마음을 내려놓고 내게 호기심과 호감을 갖게 되는 법이다.

넷째, 교류를 해야 한다. 앞의 세 가지 방법으로 타인이 내게 호기심이 동하도록 만들었다면 교류를 해야 한다. 그러기 위해서 서로 마주보아야 하며 이때 좋은 신호를 보내야 하는데 바로 옅은 미소를 지으면 좋다. 미소만큼 강력한 신호는 없다.

결론적으로 이상 나열한 우정공식을 이해하고 잘 활용하면 자신이 친해지고 싶은 사람과 가까워질 수 있다.

사업을 성공적으로 이끄는 방법

흔히들 위대한 예술가는 타고나는 것이라고 하듯이 사업가도 타고나는 것이라 믿는 사람이 많다. 그들에게는 자기 효능감, 혁신성, 통제력, 성취욕, 개방성, 친화력 같은 공통적인 특성이 있다는 것을 발견할 수 있다.

성공하는 사업가들은 사업을 기획하고 결과물을 산출하고 위험을 감수하고 조직을 구성하는 사람이다. 그들은 자신의 성공에 확신을 가진 사람이다. 또한 자신의 아이디어를 성공적으로 이끌기 위해 오르막길, 내리막길을 막론하고 끝까지 밀고 가는 정신이 있다. 사업가는 또한 과정을 즐길 줄 알아야 하고 실패나 역경에도 익숙해져야 한다. 결과 자체보다 그 여정을 더 좋아할 수 있다면 성공적인 사업가 자질을 갖춘 셈이다. 사업가 노릇은 매우 고달프고 성공보다 실패를 더 많이 겪게 되기 때문이다. 그래서 실패하거나 갈등상황이 벌어지더라도 기꺼이 웃을 줄 알아야 한다. 여기엔 엄청난 인내심이 필요하다. 그리고 기업가는 세상에 없던 뜻밖의 아이디어를 구체적으로 실현하는 사람이다. 이 과정에서 자신의 정체성을 확립하고, 역경을 견딜 줄 알아야 하고, 이윤 추구와 사회적 책임의 균형을 이루어야 하며, 팀을 구성하고, 동기를 부여하여야 하는 것이다.

그러면 사업가를 움직이게 하는 원동력은 무엇일까? 그것은 열정, 비전, 창의성, 모험심의 조합이다. 새로운 사업을 시작하는 이유가 꼭 경제적 부를 누리는 것이 아니고 프로젝트에 대한 열정과 변화를 일으키고자 하는 의

욕 때문이다. 오직 이윤 추구에만 목적을 두고 창업하려는 사람은 성공하기가 쉽지 않을 것이다. 사업가의 목표는 훨씬 높고 진취적이어야 한다.

또한 사업가는 세상을 바꿀 아이디어와 영감을 찾아야 한다. 이를 위해 친구와 가족한테도 자문을 구하고, 항상 노트를 가지고 다니며 다른 사람의 생각, 아이디어 및 나눈 대화 내용을 바로 적어두는 것이 좋다.

그리고 사업을 운영하면서 얻은 노하우를 축적하고 남들보다 유리한 고지를 먼저 점령해야 한다. 훌륭한 사업가는 사람을 쓰는 인맥을 넓혀서 어느 곳이든 적재적소에 쓸 수 있는 인적 자원이 풍부해야 한다.

그 다음은 목표에 대한 계획을 세우고 이것을 실행에 옮기는 것이 중요하다. 실행할 때는 그 일을 혼자서 다 하려고 하지 말고 적절한 팀을 구성하고 파트너십을 맺어야 한다. 나 홀로 경영을 고집하는 자가 의외로 많지만 의미 있는 영향력을 창출하기 위해서는 다양한 분야의 협력자들과 함께 해야 한다. 최종 승자가 되려면 반드시 실행이 뒷받침되어야 한다.

이상의 것들을 종합해 보면 인간이 본래 갖고 있는 개성에 잠재해 있는 좋은 요소를 끄집어내어 자기의 의지에 동화시켜 실천에 옮기는 자만이 성공의 길로 들어섰다고 볼 수 있다.

유머를 올바르게 사용하는 방법

사람이 남들과 대화를 나눌 때 분위기가 어색하고 서먹하다면 한 마디의 유머를 사용함으로써 당장 그 상황이 달라지게 할 수 있다. 그러므로 평소의 일상생활에서 유머 감각을 익혀두면 상당한 도움이 된다. 이러한 유머 감각은 멋쩍음을 감춰주고 난처한 국면에서 벗어나게 도와주며 마음의 응어리를 풀어주는 역할을 한다.

유머감각에 대해 고전이론은 부정적인 측면으로 보았으나 연구를 통해 이러한 부정적인 관념이 잘못 되었다고 보고, 현재는 유머 자체가 긍정적이고 사람의 마음을 변화시키는 것으로 여겨진다. 유머는 공격성을 가질 수도 있고, 일종의 정서적 표현이 될 수도 있다.

개인적인 감정을 배제하고 대화의 분위기를 좋게 만들 수 있다는 측면에서 생각해보면 유머는 사실 매우 중요한 역할을 한다는 사실을 금방 알 수 있다. 그래서 유머 감각을 적절히 활용하면 다른 사람에게 더 좋은 이미지를 심어줄 수 있고 상호간에 친밀감을 더할 수 있다.

유머 감각은 커다란 슬픔이나 어려운 순간들을 극복할 수 있게 도와준다. 어디 이뿐인가, 나와 타인에게 심리적 이익을 가져다줄 뿐 아니라 신체에 긍정적인 영향을 끼친다.

"유머란 깊이 있는 관찰 결과를
다정하게 전달하는 방법"

다만 사교장소에서 유머를 구사할 때 주의할 점이 몇 가지 있다.

먼저, 그 유머의 성질이 남과 관련될 때에는 되도록 상대의 장점을 선택해야 한다. 자신의 품위를 손상하지 않을 정도의 농담은 긴장된 분위기를 완화하여 작은 활력을 불어 넣기도 한다. 하지만 상대의 외모에 대해서는 절대 언급하지 말아야 한다.

그리고 유머를 사용할 때는 상대가 원래부터 있던 장점을 끄집어내어 칭찬인 듯 칭찬이 아닌 듯 하는 농담을 던져야 한다. 자신감을 가진 사람들은 자신을 낮춰 웃음거리로 만들 때 비로소 다른 사람에게 기쁨을 줄 수 있음을 잘 안다.

그리고 어떻게 자기 자신을 웃음거리로 만들어야 하는지 그 방법 또한 잘 알고 있다. 자신을 깎아내리지 않는 선에서 약점을 유머로 승화해 자조할 줄 알면 사람들과의 거리를 좁혀 웃음거리가 끊이지 않도록 할 수 있다.

마지막으로, 자기반성 능력을 키워야 한다. 결국 다른 사람의 농담을 웃어넘기거나 자조 섞인 유머를 구사할 수 있는가는 자기 자신을 얼마나 잘 이해하고 있는가에 달렸다.

유명한 유머작가 리오로스톤이 "유머란 깊이 있는 관찰 결과를 다정하게 전달하는 방법"이라 했다. 우리의 인생이나 현실의 황당무계함과 우스꽝스러움에 대한 깨달음에 현재의 통찰력을 반영해 이를 비공식적인 농담조로 다정하게 전달하는 것, 바로 이것이 사람의 마음을 파고드는 진정한 유머라 하겠다

사람들로부터 인기를 얻는 요령

사람은 가정 또는 직장에서 일하면서 상대방으로부터 인기를 얻게 되면 기분이 상쾌해지고 즐거워져서 일의 능률을 얻게 되고 보다 나은 삶을 살게 된다. 인기는 상대적이어서 세심한 준비된 마음이 없으면 얻을 수 없다.

그러면 어떻게 하면 인기를 얻을 수 있는가?

구체적인 실천 사항으로는

첫째, 친구를 사귀려면 성실한 마음을 가지고, 먼저 상대의 관심을 끌기보다는 자신의 순수함을 보여주는 것이 좋다. 자신이 상대방에게 관심을 갖지 않는데 어떻게 상대방이 자신에게 관심을 가질 수 있겠는가?

둘째, 웃는 얼굴로 상대방을 대해야 한다. 보통 사업에 성공하기 위해서는 인품, 매력, 사교적인 능력이 필요하지만 매혹적인 미소도 아주 훌륭한 요소가 된다. 특별한 예이지만 애완견 같은 반려동물이 주인에게 귀여움을 받는 이유도, 주인을 보면 반가워서 어쩔 줄 몰라 뛰어오르는 행동을 하기 때문이라고 한다. 우리 인간 또한 보기만 해도 마음속으로 우러나오는 흐뭇한 미소를 지을 수 있다면 이것이야 말로 천금의 값어치가 되는 웃음이 되기도 한다. 먼저 자기가 사귀어서 친구가 될 사람에게는 다가가서 친절한 면을 보이고, 자신을 만나서 즐겁고 흐뭇하다는 면을 보여주는 것이 중요하다.

셋째, 자기가 만나는 상대에게 어떠한 단점이 있어도 절대로 비판하거나 허물을 말하지 않고 대신 칭찬을 해주는 것이 좋다. 또한 의견을 말할 때는 자신의 입장에서 이야기하지 않고 오직 상대방의 입장에서 생각하고 이해하려고 노력해야 한다.

넷째, 나 자신이 쉽게 웃는 얼굴로 보이지 않는 경우라면, 억지로라도 웃어 보이는 방법을 미리 생각해야 한다. 그때는 마음속으로 노래를 불러 자신이 행복해하는 모습을 보이면 된다. 그러면 정말 행복한 느낌을 갖게 된다. 이 세상 사람들은 누구나 행복을 추구한다. 그 행복을 얻는 방법으로 자기의 기분을 마음대로 할 수 있는 힘을 길러야 한다. 행복은 꼭 외적인 조건만 아니라 자신의 마음가짐 여하에 따라 얻을 수도 있고 놓칠 수도 있다.

다섯째, 상대방의 이름을 잊지 않고 기억하는 것이다. 우리가 처음 소개를 받아서 상대방의 이름을 기억하면 상대로부터 '정말 이 사람이 나에게 관심이 있구나.' 싶어서 두 번째 만남부터는 대하는 태도가 친절하고 호감을 갖게 된다. 인간은 누군가 자신을 기억해 두었다가 그 이름을 불러주면 기분이 좋아지기에 시시한 말 몇 마디보다는 훨씬 큰 효과를 얻을 수 있다. 경우에 따라 상대방의 이름을 분명히 알아듣지 못했을 때는 "미안하지만 다시 한 번 말씀해 주십시오."라고 부탁한다. 만일 상대방이 중요한 인물이면 상대방과 헤어진 후 곧 메모에 기입한 후 나중에 사용하는 습관을 가지면 더욱더 좋다.

여섯째, 자기의 말과 표정도 중요하지만 상대방에 대해 좋은 경청자가 되는 것도 중요하다. 우리는 자신이 하는 얘기에 흥미를 갖고 열심히 듣는 사람을 더욱더 좋아한다. 상대방의 말을 들어주는 것은 아무에게나 표현할 수 없는 최고의 찬사이다. 우리가 보통 상담을 할 때도 상대방의 말을 조용히 들어주면 더욱더 효과를 얻을 수 있다. 사람은 일반적으로 자기가 하고자 하는 것만 생각하기 때문에 다른 사람의 말을 들어주는 기회를 잊는 경우가 많다.

일곱째, 상대방의 관심을 파악해야 한다. 즉, 자기가 만날 상대방이 무엇을 좋아하며 무엇에 관심이 많은지를 사전에 점검하는 것이다. 상대방의 관심의 소재를 파악한 후 그것을 화제로 삼아 나가면 된다.

여덟째, 상대방에게 중요감을 주어야 한다. 즉 상대방의 일이 별로 값어치 없어 보일지라도 그 업무가 정말 값어치가 있고 보람 있다고 하면 상대는 그런 말을 듣는 순간 기분이 좋아서 자신이 요구한 일을 빨리 처리하고 정확하게 해준다. 인간은 누구나 주위의 사람들로부터 인정을 받고 자기의 진가를 알아주기를 원하기 때문이다.

조승부 수필집

독서를 반드시 해야 하는 이유

　우리는 일상생활 속에서 독서를 잘 하지 않는 편이다. 그 이유는 지금 현대인이 사용하고 있는 스마트폰 사용을 들 수 있는데, 그 수가 점점 늘어나는 추세이다. 틈만 나면 스마트폰을 즐기고 있으니 독서는 아예 염두에 두지 않는 것이다.

　사람들을 보면 평소 책을 많이 읽는 사람과 책을 읽지 않는 사람과는 분명한 차이를 느끼게 한다. 책을 많이 읽어서 내면의 세계가 풍부한 사람들은, 얼굴 표정과 몸짓 동작에서부터 그가 살아온 삶의 깊이를 짐작할 수 있다. 우리는 예로부터 지금까지 내려오는 고전 등을 통해 많은 지식과 지혜를 얻을 수 있다. 고전은 비록 지금 그 책을 집필한 사람은 만나볼 수 없으나 삶의 중요한 양식이 되고 실생활에 많은 도움을 주기 때문에 좋은 가르침과 생의 지표를 얻을 수 있다. 이러한 책들은 앞으로도 영구히 지속될 것으로 보인다.

　또한 책은 인류의 문명을 이끌어온 가장 위대한 에너지라 할 수 있다. 인류의 역사는 길다. 현대에는 평균수명이 늘어 앞으로 백 년을 더 산다고 하더라도 고대에서부터 현재에 이르기까지의 과정을 모두 체험해 볼 수는 없다. 그러나 책을 통하면 간접체험이 가능하고, 현재 자신이 어디까지 왔는지를 가늠해 볼 수도 있다. 한 사람의 체험과 지식은 그가 세상을 떠나 사라지는 것이 아니라 자손대대 흔적이 되어 지속적으로 이어질 수 있는 것이다.

또한 독서는 마음의 양식을 얻을 뿐만 아니라 부를 축적하는 데도 상당한 도움을 얻을 수 있다. 옛날 고전에서 보면 가난한 사람은 책으로 인해서 부자가 되고, 부자는 책으로 말미암아 존귀한 사람이 된다고 한다. 독서는 인생을 살아가는 데 있어 가장 훌륭한 스승이자 도구라 할 수 있다. 그 속에는 삶의 지혜가 담겨 있고, 자신이 경험해 보지 못했기에 결코 알 수 없었던 방대한 지식과 지혜가 담겨 있다. 아울러 우리가 반드시 알아야 할 중요한 정보도 담겨있다.

독서를 하면 최소한의 비용으로 단시간 내에 최대한의 효과를 얻을 수 있어 매우 편리하다. 그리고 매우 중요하다. 우리 인간은 생명이 존재하는 한 책을 손에서 놓지 않아야 한다. 계속 독서를 하는 습관을 갖게 하면 살아가는 데 필요한 정보를 누구보다 빨리 얻어 자신이 추구하는 목표를 달성할 수 있다. 이것이야말로 성공의 지름길이라 할 수 있다.

일은 왜 순서대로 해야 하나?

　우리가 업무를 처리할 때 우선순위에 따라 그 성과가 확연히 달라진다. 일반적으로 업무를 처리할 때 우선순위는 업무의 중요도에 있다. 직장인의 경우 업무시간이 한정적이므로 가장 중요한 일을 우선 처리하는 것이 좋으나, 업무의 중요도가 비슷한 일이라면 하기 싫은 일부터 먼저 처리해야 업무의 효율도 높고 마음도 가벼워진다. 일의 순서를 모르는 사람은 자기가 좋아하는 일부터 처리하고 싫어하는 일은 최대한 뒤로 미룬다. 그러한 순서대로 일을 처리하면 며칠 후 모든 업무가 잘 정리되지 않았음을 알게 된다. 일을 많이 했는데도 정작 중요한 일은 빼놓았기 때문이다. 지혜로운 사람은 가장 하기 싫은 일부터 하므로 마음도 홀가분해지고 다른 일을 할 때도 일하는 보람을 느끼고 일의 능률도 오른다.

　어떤 분야든 성공하기 위해서는 주인의식이 필수이다. 예를 들어 성적이 중하위권 학생들은 싫어하는 과목은 과감히 버리고 시험을 본다. 아예 손도 못 대는 과목이 있으며, 이로 인해 시험에 자신이 없으니 성적이 좋을 리 없고 공부에 흥미가 있을 리 없다. 이에 반해 성적이 상위권인 학생들은 싫어하는 과목부터 한다. 어려운 문제를 풀고 나면 그에 대한 자신감이 생겨 나머지 과목은 쉽게 해결할 수 있기 때문이다.

　특히 직장 내에서는 더럽고 힘든 문제는 해결하지 않고 당장 필요한 부분만 처리하는 적당주의가 몸에 배어 있는 사람을 볼 수 있다. 이러한 사람은 장래 승진에 지장이 있거나 상사의 뜻에 흡족하지 않게 된다. 자기가 발전하기에는 좋지 않은 일 처리 방법이다. 어려운 일은 대개 시간만 많이 걸리고 잘 해도 생색이 나지 않지만 누군가가 반드시 해야 하는 일이다.

사람을 만날 때도 마찬가지이다 여러 사람을 만나야 한다면 싫어하는 사람부터 만나는 것이 좋다. 대개 좋아하는 사람을 만나러 갈 때는 무방비 상태로 가고, 싫어하는 사람을 만나러 갈 때는 나름대로 준비를 해서 간다. 싫어하는 사람과의 일이 잘 풀리면 기분이 좋아지기 때문에 좋아하는 사람과의 일 또한 잘 풀릴 수밖에 없다. 사실 좋아하는 사람을 만나서 일을 해결하는 것은 누구나 할 수 있다. 일의 성공과 실패 여부는 싫어하는 사람을 어떻게 효과적으로 해결하느냐에 있다.

결론적으로 하기 싫은 일을 먼저 하고, 싫어하는 사람을 먼저 만나야 한다. 무작정 일을 시작하지 말고 계획을 먼저 세운 후 시작하며, 싫어하는 사람을 만날 때도 무작정 만나지 말고 미리 그 사람의 동향이나 심리 상태를 파악하는 사전 작업을 한 후 만나면 대화하기도 편하고 내가 원하는 바를 얻을 수 있는 것이다.

자존감을 높이는 법

우리가 세상을 살아감에 있어 자존감은 상당히 중요한 역할을 하게 된다. 우리는 인생에서 자존감이 중요하다는 것을 자주 들어 알고 있으면서도, 이에 대한 구체적 내용은 잘 모르고 있다. 그러면 자존감이란 무엇인가? 자존감이란, 자신을 어떻게 평가하고 얼마나 자신을 사랑하고 만족하고 있는지의 지표라고 정의할 수 있다.

우리는 대체적으로 자신의 가치를 잊고 산다. 누구나 인정받고 사랑받아야 할 존재라는 사실을 알고 있지만 막상 현실사회에서는 잘 이루어지지 않는다.

자존감을 높이는 방법에는 다음과 같은 것이 있다.

첫째, 자기 일은 자기 스스로 결정해야 한다. 결정권을 갖게 되면 책임과 동시에 권위를 갖게 된다. 적극적으로 자기가 하겠다고 하는 것이 좋고, 이런 말을 함으로써 남이 나에게 참견하는 일이 줄어든다.

둘째, 결정에 따라야 한다. 이러한 것이 확고하게 일을 시작하게 하고 앞으로도 계속 밀고 나갈 수 있게 한다.

자존감이란, 자신을 어떻게 평가하고
얼마나 자신을 사랑하고 만족하고 있는지의 지표!!

셋째, 결과가 나쁘면 그 결과를 인정하고 다시 시작하면 된다. 즉, 결과는 좋을 수도 있고 나쁠 수도 있다. 결과에 대해서 책임을 지고 그 결과에 승복을 하고 자기가 잘못한 점을 살피고 그 원인을 밝혀내고 미래에 그 일을 하게 될 때는 그것을 교훈으로 삼으면 된다.

마지막으로, 결과가 좋으면 타인에게 감사해야 한다. 즉, 즐기는 것이 좋다. 이러할 때 자신이 선택한 일이 옳았음을 모두가 알고 있다. 그러나 이때 본인은 그 공을 타인에게 돌려 '당신의 조언 덕분에 일이 성공할 수 있었다.'라고 얘기하면, 그들 또한 기분이 좋아져서 자신이 앞으로 하는 사업이 더 잘 되기를 원하게 될 것이다.

목적을 달성하는 방법

우리가 하는 일에는 반드시 목표가 있다. 많은 사람들은 목표라고 하면 거창하고 원대한 것이어야 한다고 생각한다. 그래서 목표를 설정하지도 못하고, 달성하지도 못하는 경우가 많다. 정작 우리에게 필요한 것은 크고 원대한 야망이 아니라 아주 사소한 일이라도 달성 가능성이 높은 목표를 갖는 것이 중요하다. 그러기 위해서는 목표에 대한 정확하고 구체적인 인식이 필요하다.

첫째, 목표가 구체적이고 명확해야 한다. 목표는 구체적이고 분명할수록 달성 가능성이 높아진다. 목표가 구체적일수록 보다 생생한 그림을 그릴 수 있기 때문에 도달하기가 훨씬 더 쉬워진다. 예를 들면, 올해의 마지막 날까지 얼마를 저축한다거나 몇 년 후에 과장으로 승진한다는 등이다. 이렇게 목표가 구체적이면 심리적 부담이 없이 바로 시작할 수 있기 때문이다.

둘째, 오감을 통해 측정 가능해야 한다. 목표달성을 위해 지속적으로 노력하면 반드시 그 변화 정도가 오감을 통해 선명하게 관찰될 수 있어야 한다. 예를 들어, 체중을 줄이기를 마음먹은 사람이 목표를 단지 날씬해지는 것으로 잡는다면 체중감량에 실패할 가능성이 높다. 왜냐하면 자신의 행동 결과를 측정하고 판단할 수 있는 기준이 모호하기 때문이다. 또 한 예로 영어를 잘하고 싶으면 실력을 높인다고 하기보다는 하루에 단어 10개, 한 달 동안 300개 외우기와 같으면 좋다. 달성할 가능성이 높기 때문이다.

큰 목표를 달성하려면
반드시 실현 가능한 수준으로 단계를 낮추고
점진적으로 해야 한다

셋째, 행동 중심적이어야 한다. 목표는 사고 중심적이 아니라 행동 중심적이어야 한다. 거기에는 행위가 명시되지 않았기 때문이다. 예를 들어, 지금껏 인사하지 않았던 이웃들에게 한 번 이상 미소 띤 얼굴로 인사한다, 매주 한 번씩 은행에 가서 저축한다거나 만일 책을 쓰고 싶다면 오늘 당장 그것을 위해 할 일을 찾아야 한다. 이와 같이 목표를 성공으로 이끌고 싶다면 사고 중심적 목표가 아닌 행동 중심적 목표를 설정할 필요가 있다.

넷째, 실현 가능해야 한다. 세운 목표를 달성하려면 실행 가능한 작은 일부터 시작해야 한다. 처음부터 부담스러운 계획을 세우는 대신 오늘 당장 할 수 있는 일을 택하여 실천하면 된다. 이렇게 하면 사소한 작은 일이라도

조승부 수필집

훈련이 되고 습관이 되어 큰 목표도 달성할 수 있다는 자신감을 갖게 한다. 이에 반해 1년에 백만장자가 되겠다, 또는 1년에 바로 고시에 합격한다는 것은 모두 실현 불가능한 목표들이다. 큰 목표를 달성하려면 반드시 실현 가능한 수준으로 단계를 낮추고 점진적으로 해야 한다.

다섯째, 시간 배정을 적절히 하고 즉시 실천해야 한다. 성과를 올리지 못하는 사람들의 특징 중 하나는 목표 달성에 소요되는 시간을 적절하게 배분하지 못한다는 것과 즉각 실천하지 않는다는 점이다. 그러므로 데드라인을 설정하되 시간을 너무 짧게 잡지 말고 돌발상황에 대비해 여유 있게 시간을 배정해야 한다. 일단 목표가 설정되면 '시간이 날 때 해야지.' 하는 생각을 버리고 적어도 계획의 시작 부분은 즉시 실행할 수 있는 것이어야 한다.

13

성공한 사람의 마음가짐

사람은 누구나 태어나서 어떤 일을 하든 궁극적으로는 자신이 한 그 일이 성공하기를 원한다. 많은 사람들은, 위대한 인물이나 성공한 사람들은 그들이 특별한 무엇을 갖고 있다고 믿고 있다. 어떤 사람은 재능을 본래부터 갖고 태어난 것이며 노력과 무관하게 주어지는 것이라고 하고, 어떤 사람은 재능은 없으나 자신이 열심히 노력하며 갈고 닦으면 얼마든지 계발된다고 하는 견해가 있다. 이러한 두 가지의 견해는 각각 나름대로의 특징이 있으나 타고난 재능보다는 자신이 얼마나 노력하느냐 하는 마음의 자신감에 달렸다고 보는 것이 합리적이다.

물론 재능도 중요하지만 자신이 계속적으로 열심히 노력하면 원하는 목표를 달성할 수 있다. 그 예로 지금 우리 사회에서 성공한 운동선수나 예술인은 혼자서 몇 시간 혹은 하루 종일 연습을 한다고 한다. 이러한 유명인 뿐만 아니라 자신도 노력하면 이러한 수준에 가까이 갈 수 있다고 본다.

이러한 좋은 결과가 나오기까지는 다음과 같은 성공 지침을 실천했기 때문이다. 우리 인간은 자신이 믿는 대로 이루어진다는 말이 있다. 재능이 없다고 믿는 사람들은, 자신은 특별한 재능을 갖고 태어나지 못했다고 생각하며 자신의 성공 목표를 낮추어 잡고 다른 사람보다 몇 배의 노력을 하면 작으나마 성공의 경험을 할 수 있다. 이러한 행동을 할 수 있는 것은 노력하면 반드시 달성할 수 있다는 확고한 신념을 갖고 있기 때문이다.

이에 반해, 재능이 있다고 믿으나 그 재능을 계발하지 않고 그냥 둔다면 아무 소용이 없다. 일반적으로 우리 보통사람도, 자신은 당장 느끼지 못해도, 다들 재능을 조금씩은 갖고 있다. 그러므로 자신에게 잠재되어 있는 재능을 먼저 찾아야 한다.

재능을 찾는 방법을 생각해 보자.

무엇인가를 계획하고 진행하다 보면 이상하게 자기 마음속에 끌리는 일이 있다. 그것이 곧 재능이라 할 수 있다. 그리고 특별히 배우고 익히지도 않았는데도 쉽게 이루어냈던 일이 무엇인가를 생각해보면 알 수 있다.

또한 자신이 어떠한 일에 몰두하여 시간을 어떻게 가는 줄도 몰랐던 때를 생각해보라. 그때 더 많이 배우고 싶고, '언제 다시 또 그 일을 할 수 있을까?' 하면서 기다려지는 일이 있으면 이 또한 재능이라 할 수 있다. 이것을 열심히 가꾸고 연마하면 된다.

타고 날 때부터 재능이 없다고 생각하지 말고, 지금 당장이라도 현재 하고 있는 일에 최선을 다해야 재능을 얻을 수 있다. 재능을 발견할 때까지 기다리지 말고, 현재 하고 있는 일을 다른 관점에서 바라보고 최선을 다하면 재능이 발견될 수 있으며, 자기가 갖고 있는 그 재능이 더욱 계발될 수 있는 것이다.

그리고 앞서 성공한 사람에게 그 길을 물어보아야 한다. 그것은 자신이 가고자 하는 곳을 쉽게 찾아갈 수 있도록 도와준다. 자기가 하고 있는 분야에서 재능을 발휘하고 싶을 때도 마찬가지이다. 그 분야에 탁월한 업적을 이룬 사람이 누구인지를 먼저 찾아야 한다. 왜냐하면 누군가가 큰일을 해냈다는 것은 자신도 따라서 하면 성취할 수 있는 가장 확실한 증거이기 때문이다. 그들을 통해 그 과정을 더 쉽게 배울 수 있을 것이다.

'성공하는 사람은 따로 있다'는 말을 믿지 않고, 대신 성공한 사람들이 어떤 생각을 갖고 어떻게 행동했는지를 먼저 배워야 한다.

성공하는 데 있어 정보의 중요성

성공적인 사업을 하기 위한 핵심적인 요소의 하나가 정보이다. 그러므로 이를 누구보다 먼저 알고 재빠르게 실천에 옮긴 사람들은 성공을 한다. 우리 사회에서 사업에 성공한 사람의 대부분은 (물론 운도 따라야 하지만) 누구보다도 그 사업에 핵심적인 정보를 먼저 알고 재빠르게 실천한 사람이다. 어떤 정보를 얻기 위해 부단한 노력으로 기회를 놓치지 않고 행운을 자신의 것으로 만들었으며 정확한 판단을 할 수 있는 감각을 길러왔다. 결국 성공의 원인은 곧 정보라 할 수 있다.

이들은 학벌을 불문하고 자신이 성공한 분야에서만큼은 최고라 할 수 있을 정도로 박학다식 하다. 성공해야겠다는 의지와 각오는 표출되었고, 그러한 관심은 정보로 이어졌으며, 그 과정에서 새로운 인맥을 형성하여 왔다. 이러한 제반 여건들이 합쳐져서 행운을 불러왔고 생생하고 다양한 정보를 수집하여 정확한 판단을 내릴 수 있는 밑거름이 되었던 것이다.

사회적으로 왕성하게 활동하는 사람일수록 항상 무언가를 꾸준히 읽거나 사람들과의 만남을 좋아한다. 이러한 행동이 몸에 배어 있어서 좋은 습관이 된 것이다. 우리 사회에서 성공한 예술가나 과학자 또한 마찬가지로 노력하고, 모임에 적극적인 참석을 함으로써 좋은 아이디어를 얻어 이용한 사람들이다. 좋은 아이디어는 어디에서 바로 얻어지는 것이 아니다. 본인의 노력을 통해 다양한 정보를 얻는 과정에서 생성된다.

좋은 아이디어는 어디에서 바로 얻어지는 것이 아니다.
본인의 노력을 통해 다양한 정보를 얻는 과정에서 생성된다

　창조에는 세상에 없는 것을 만들어 내는 '발명'과 기존에 있던 것을 바꿔서 새롭게 하는 '혁신'의 두 종류가 있다. 현대 사회는 융합과 복합의 시대다. 비슷한 정보 혹은 서로 다른 정보가 합쳐져서 시너지 효과를 내는 것이 바로 융복합이다.

　성공하려면 일찍부터 관심 분야에 대한 정보를 수집하며 감각을 기를 필요가 있다. 좋은 부모 밑에서 태어났다면 그분들에게 다가가서 삶의 지혜와 정보를 얻는 방법도 있다.

훌륭한 인맥 관리

사회생활을 함에 있어 인맥은 대단히 중요하다. 우리 사회에서 이루어지는 모든 일이 사람과 사람을 통해서 이루어지기 때문이다. 직장이나 단체에서 그 구성이 지연이나 학연 등으로 묶이면 몇 개의 보이지 않는 라인이 형성되어서 전체적인 결속력이 떨어진다. 하지만 적당한 인맥 형성은 오히려 업무 전반에 걸쳐 도움을 주고 조직에 활력을 불어넣는다.

현재 우리 사회에서는 개인주의가 성행하다 보니 인맥 관리에 신경을 쓰지 않는 사람은 거의 없다. 이런 부류는 학교 선배나 고향 지인에게 가까이하려고 노력한다. 이에 반해 별로 신경을 쓰지 않는 사람들은 학교 선배나 고향의 지인을 봐도 아는 체 하지 않는다. 다른 사람에 아부하는 것처럼 보일까 봐 우려하기 때문이다. 그러나 상대방의 입장에서 보면 섭섭하게 느껴질 수 있다. 명절에 특별한 선물을 하거나 승진을 앞두고 값비싼 선물을 건네는 것은 인맥 관리가 아니다. 자칫하면 그 사람과의 관계를 오히려 나쁘게 할 수도 있다. 그 때 그 때 필요할 때보다는 평소에 인맥을 관리해두는 것이 더 효율적이다.

현대인들은 떳떳하고 당당한 것을 좋아한다. 한쪽에서 너무 굽히고 들어오면 흑심을 품고 있다고 생각되거나 뭔가 해줘야 할 것 같은 기분이 들기때문에 마음 한구석이 불편하다. 인맥 관리는 수평적으로 하는 게 좋다. 가장 바람직한 관계는 친구 사이이다. 인간은 본래부터 그 자체가 외로운 동

인맥관리의 기본은 만남 그 자체이다.
세상에 나쁜 사람은 그리 많지 않다.
자신이 먼저 마음의 문을 열고 상대를 맞이하고 사귀게 되면
어느새 자기도 모르는 사이 자연스레 성공의 문 앞에 서있음을 알게 된다

물이다. 선후배 사이라도 상명하복의 수직적 관계보다 적당한 예의를 지키면서 수평적 관계로 유지하는 게 좋다. 취미생활이나 여가활동을 함께 하면 더욱 좋다.

능력 있는 선배에게 들어줘도 부담이 없을 만한 부탁을 하면 선배는 자신의 능력을 과시하기 위해서 기꺼이 들어줄 것이다. 또한 사업으로 성공한 선배에게는 그의 노하우를 배우기 위해 요청하라. 그 선배는 그 사업에 성공한 비법을 가르쳐 줄 것이다.

조승부 수필집

사람을 사귄다는 것은 서로에게 좋은 일이다. 자기가 사귀고 싶은 사람이 접근해 오기를 기다리기보다는 먼저 다가가서 접근하는 것이 인맥을 관리하는 데 효율적이다. 아무리 내향적인 사람이라도 여러 번 만나다 보면 자연히 친해지기 마련이다. 그런 사람은 사귀는 친구가 많지 않기 때문에 사귀기가 힘들지만, 한번 사귀면 관계가 오래 유지된다. 반면 외향적인 사람은 쉽게 사귈 수 있지만 특별한 관계로 유지하기까지는 오랜 시간이 필요하다.

어떤 분야이든 성공하고 싶다면 좁은 곳에서 나와 더 넓은 세상으로 나가야 한다. 세상의 모든 일은 상상과 계획만으로 이루어지지 않는다. 결국 성공 여부는 어떠한 사람을 만나서 함께 그 일을 추진하느냐에 달려있다.

인맥은 평소 관리하는 것이 효율적이다. 인맥관리의 기본은 만남 그 자체이다. 세상에 나쁜 사람은 그리 많지 않다. 자신이 먼저 마음의 문을 열고 상대를 맞이하고 사귀게 되면 어느새 자기도 모르는 사이 자연스레 성공의 문 앞에 서있음을 알게 된다.

감사하다는 말의 힘

우리가 일상 쓰는 말 가운데 감사하다는 말이 있다. 이 말은 일반적으로 상대가 자신에게 고마운 일을 했을 때 쓰는 말로서 자기 자신보다는 상대에게만 사용하는 말로 인식되어 왔다. 아마도 자신에게 감사하다는 말을 먼저 사용하는 경우는 별로 없었을 것이다.

그래서 우리는 생각의 변화를 가져야 한다. 즉 '범사(매사)에 감사하라.'는 뜻이다. 이 말은 성경 말씀에서 쓰는 용어이지만, 종교를 믿든 믿지 않든 이 말을 자주 사용하면 말에서 큰 힘을 얻게 된다. 이 말로 인해 우리는 삶을 더 잘 살게 되고 더 나아가서는 기적을 경험하게 되는 경우도 있다.

'감사하다'는 말이 습관적으로 몸에 배면 일어나는 일들을 생각해 보자.

감사할 일이 있으면 당연히 감사하고, 불행했으나 거기에 그친 것이 감사하며, 약점이 있으면 그것마저 품에 안고 감사하며, 나쁜 일이 있어도 큰 경험을 얻었으니 감사할 수 있는 것이다. 그러므로 우리는 결과에 관계없이 사소한 일에 감사하는 습관을 가져야 한다.

그리고 우리는 감사능력을 갖는 단계가 필요하다. 감사능력은 마음에서 생기는 것이다.

오늘부터라도 감사를 실행하면,
이것이 나의 삶을 변화시켜
우리의 몸과 마음을 건강하게 하는 결과를 낳게 할 것이다

첫째 감사할 일을 선물로 받아들이는 감사능력, 둘째 감사하지 않은 일에도 겸허히 감사하는 능력, 셋째 절대적으로 믿음으로 감사한 일을 찾아 감사하려는 능력, 넷째 불평모드에서 감사모드로 전환하는 능력이다.

감사를 표현하는 방법도 생각해 보자.

첫째, 나에게만 감사하지 않고 나와 관련된 모든 사람은 날 위해 존재하는 내 삶의 일부분임을 인식하고 모든 사람에게 감사해야 한다.

둘째, 감사한 마음이 들었을 때 그 훈훈한 마음이 식기 전에 표현해야 한다. 시간이 지나면 감사의 의미가 퇴색될 수도 있기 때문이다. 즉각적인 피드백으로 감사의 마음을 전해야 풍성한 대인 관계를 맺을 수 있다.

셋째, 계속 감사해야만 한다. 감사야 말로 상대방에게 건네는 최고의 선물이자 찬사이기 때문에 감사는 일회적이 아니고 계속 이어지도록 해야 한다.

넷째, 비판 없는 감사가 되어야 한다. 섣부른 판단이나 조언, 나아가 비판하면서 감사의 뜻을 표시하면 안 된다. 오히려 안 한 것만 못할 수 있기 때문이다.

이와 같은 내용을 통해서 오늘부터라도 감사를 실행하면, 이것이 나의 삶을 변화시켜 우리의 몸과 마음을 건강하게 하는 결과를 낳게 할 것이다.

좋은 인품이 성공의 지름길

우리들 주변에는 성공한 사람들이 많은데, 그들은 한결같이 다른 사람들과는 다른 인품을 지니고 있다. 직장에서 보면, 성공한 상사는 그만의 독특한 품격을 지니고 있다. 또한 예술세계에서도 훌륭한 예술인은 젊은 나이임에도 자기 자신만이 갖고 있는 특수한 인품을 지니고 있다. 그들은 성공했기 때문에 그러한 품격을 갖춘 것일까? 아니면 그러한 품격을 갖고 있기 때문에 성공한 것일까? 그 답은 대략 좋은 인품을 지녔기 때문에 성공할 수 있었다고 보는 것이 맞을 것이다.

성공을 위해 모든 수단과 방법을 쓰는 사람은 현대 정보화 시대에는 절대 크게 성공할 수 없다. 지금의 사무처리는 온라인 시스템으로 삽시간에 전국으로 퍼지기 때문에 사업을 운영하는 모든 사람은 그 영향을 받게 된다. 직장 생활도 역시 마찬가지다. 나만 알고 나의 이익만 챙겨서는 승진하여 좋은 자리를 얻을 수 없다. 과거에는 업무 실적이 좋고 윗사람의 비위만 잘 맞추면 쉽게 승진할 수 있었다. 그러나 현시점에서는 다양한 평가를 하기 때문에 품격이 부족하면 인사 고과에서 좋은 점수를 받기 어렵다.

상사에게는 좋은 부하가 되어야 하고, 부하직원에게는 좋은 상사이어야 한다. 또한 동료 사이에서는 괜찮은 사람이어야 하고, 심지어 그 회사가 거래하는 다른 회사 직원에게까지도 참 좋은 파트너이어야 한다. 한 사람에게만 아부하고 충성해서 성공하는 시대는 가고, 지금은 모든 사람에게 인정받는 사람이어야 한다.

그런데 사람마다 그 품격이 가지각색인데 어떻게 많은 사람의 마음을 얻을 수 있을까?

먼저 자신이 훌륭한 인격을 갖추어야 한다. 품격이 있는 사람은 좀처럼 남에게 비난을 받지 않는다. 우리 사회에 존재하는 성공한 정치인, 예술인, 기업인도 마찬가지이다. 그런 성공한 사람을 만나서 대화를 하다 보면 인품을 대체로 파악할 수 있다. 남을 무시하고 오직 자신만 아는 사람, 반감을 느끼게 하는 품성을 지닌 사람은 사회에서 성공하기는 어렵다고 본다. 이에 반해 따뜻한 인품을 갖춘 사람에게는 자연히 호감을 갖게 된다.

사람은 본능적으로 낯선 사람을 일단 경계한다. 그렇게 하다가 상대의 품격이 좋은 것으로 알면 열심으로 그 사람과 가까워지려고 한다. 품격을 어느 정도 갖고 있느냐에 따라 성공 여부가 결정된다는 것을 시사하는 내용이라고 할 것이다.

성공한 사람의 화술

성공한 사람들 대부분은 누구보다도 말을 잘한다. 말은 어떻게 해야 잘 하는 것인가?

그 요건을 보면 다음과 같다.

첫째, 말에는 순서가 있기 때문에 말을 잘 하려면 말의 순서를 지켜야 한다. 먼저 말하기 전에 적당한 시기와 분위기를 선택해야 한다. 같은 말이라도 분위기와 장소에 따라서 달라진다. 화술이 뛰어난 사람은 이런 말을 꺼내도 좋은 시기인지 적절한 장소인지를 직감적으로 판단해낸다. 이에 반해 상대방의 기분은 전혀 고려하지 않고 자신의 기분만 고려해서 말하는 사람은 화술이 형편없는 사람이다.

둘째, 때에 따라 적당한 유머를 사용할 줄 알아야 한다. 이것은 상대방의 마음을 느슨하게 하는 계기가 된다. 잔뜩 긴장하고 있는 사람에게 진지한 얘기를 해봐야 별로 호응하지 않는다. 이때 유머로 긴장을 풀어주고 편안한 상태에서 대화를 나누면 좋다.

셋째, 되도록 상대에게 칭찬을 해주면 좋다. 칭찬을 듣고 나면 기분이 좋아지고 경계의 빗장이 풀린다.

넷째, 자신이 말을 하는 것보다는 상대의 말에 경청하는 것도 좋은 방법이다. 화술이 뛰어난 사람은 되도록 상대로 하여금 말을 많이 하도록 만든다.

넷째, 대화할 때 적절한 제스처(손짓과 몸짓)를 취하면 좋다. 시각적으로 보고 청각으로 들으면서 쉽게 각인되기 때문이다.

다섯째, 적절한 침묵을 이용하여 분위기를 엄숙하게 만들고 상대로 하여금 중요한 협상임을 알게 한다. 백 마디의 말보다 한 번의 침묵이 더 효과를 얻을 수 있다.

여섯째, 상대에게 희망적이고 보람 있는 말을 하는 게 좋다. 그러한 말은 경제적 이익이나 명예나 출세에 관한 것이든 적당한 희망을 주어 상대의 마음을 움직일 수 있다.

일곱째, 상대에게 진실성을 보여야 한다. 말만 앞세우는 화려한 미사여구는 상대의 마음을 얻지 못한다. 진심으로 느껴지지 않기 때문이다.

끝으로, 상대방에게 감동을 주는 말을 해야 한다. 불가능해 보이는 일도 상대를 감동시키면 간단히 해결될 수 있다. 그리고 한 번 감동을 하게 되면 영원히 잊지 못하게 된다.

열등감을 극복하는 방법

사람은 살면서 자기가 크게 잘못한 일도 아닌데 주변에 자꾸만 신경이 쓰이는 경우가 있다. 열등감 때문인 경우가 많다.

이 열등감은 내가 한 행동이 남에게 우습게 보이는 것이 아닌가, 작은 실수에도 자신을 무능하게 보지 않을까, 직장에서 일 잘하는 동료에 비해 자신이 뒤떨어지지 않는가, 누군가가 자신에 대한 얘기를 하지 않는가 하는 등 사소한 문제에서 나타날 수 있으며, 실제로는 누구도 직접 말하지 않는데도 자기 스스로 느끼는 경우가 있다.

열등감처럼 쓸 데 없는 생각을 없애는 방법을 생각해 보자.

먼저, 타인이 자신에게 어떠한 생각을 하든지 그것은 타인의 생각일 뿐이다. 따라서 실제로 발생하지 않은 문제의 해결을 위해 타인이 아닌 자신에게 초점을 맞추어야 한다. 이것은 내가 느끼는 감정이지 실제 타인의 감정이라 할 수 없기 때문이다. 열등감 없는 사람이면 타인에게 어떠한 말을 들어도 아무렇지 않게 생각하고, 잠깐 화가 나거나 약간의 상처를 입어도 다음날이면 잊어버릴 수 있다.

이러한 상황에서 열등감 같은 건 느끼지 않는 것이 좋겠지만 이 모두는 인간만이 느끼는 자연스러운 감정이다. 따라서 이러한 감정을 그냥 버리지

열등감은 이러한 감정을 통해 미래에 대한 계획을
어떻게 수립해야 하는지의 지표가 될 수 있다.
열등감은 지금의 사고방식으로는 아무것도 달성할 수 없다는
경고를 하고 있는 것이기 때문이다

말고 오히려 지금까지 내가 한 행동에서 잘못된 점을 생각하고 이후 될수록 비난 받을 행동을 하지 말아야 할 계기로 삼으면 좋을 것이다.

또한 열등감은 이러한 감정을 통해 미래에 대한 계획을 어떻게 수립해야 하는지의 지표가 될 수 있다. 열등감은 지금의 사고방식으로는 아무것도 달성할 수 없다는 경고를 하고 있는 것이기 때문이다.

결국 지금 당장 특별한 일이나 역할은 하지 않더라도 사람들에게 더욱 필요한 존재가 되고자 노력하는 한 더 이상 열등감으로 고민하지 않고 건전하고 보람찬 생활을 할 수 있을 것이라고 생각한다.

습관적으로 미루는 일을 바로 처리하는 요령

우리는 반드시 오늘 처리해야 할 일을 미루는 경향이 많다. 미루는 습관을 고치겠다고 생각하면서 자신을 다독여 일을 하지 않고 또다시 미루는 경우를 종종 볼 수 있다.

일을 미루는 이유는 완벽주의 성향이 강하기 때문인 경우가 많다. 이런 사람들은 일을 완벽하게 해낸 것과 완벽하게 해내지 못한 것으로 구분해서 평가한다. 아무리 최선을 다했다 해도 결과가 완벽하지 않다고 생각되면 아무런 의미가 없다고 판단한다. 과정은 중요치 않다. 완벽한 결과만 중요한 것이라고 생각한다.

다음은 목표만 있고 목적은 없는 경우이다. 보다 가치 있는 목적을 위해 실행 가능한 세부적인 목표를 세워 실천해 나가는 것이 일반적인데, 이들은 목적을 불분명하게 정해 놓고 구체적 목표를 달성하는 일에만 과도하게 집착한다.

이렇게 계속 일을 미루는 사람이 태도를 바꾸려면 다음과 같은 노력을 하여야 한다.

첫째, 자신의 일정을 세분화하는 것이다. 하루 동안 할 일을 시간 단위로 나눠서 짜는 것이다. 또 일정을 짤 때는 쉽고 가벼운 일을 먼저 하고 어렵고 중대한 일을 하는 사람이 있고, 이 반대 경우가 있는데 이것은 자신의 취향에 맞추어서 하면 된다.

둘째, 적정한 보상을 해주는 것이다. 일이 일정대로 완수되었을 경우 미루지 않고 일을 무사히 해낸 자신에게 적정한 보상을 주는 게 좋다.

셋째, 능동적으로 미루기이다. 이왕 미룬다면 회피를 위해 미루는 것이 아니고 보다 적극적으로 효율성을 높이기 위해 미루는 것이다. 미루는 것이 비적응적이고 미성숙한 대처라고 이해한 지는 오래 되었으나, 최근에는 미루기를 능동적으로 하는 사람의 경우 오히려 효율적인 대처 방법이 될 수 있다는 학계 발표도 있었다. 능동적으로 미루기 위해서는 내 업무의 명확한 파악이 중요하고 다음은 결과에 승복하고 후회하지 말아야 한다. 또한 미뤄둔 시간을 알차게 보내야 한다.

직장내 동료들과 친해지는 방법

자기가 근무하는 직장은 하루 일과의 대부분을 보내는 생활공간이다. 그러하기 때문에 회사는 그의 가족이라 할 만큼 의미 있는 곳이다. 회사는 유기적인 공동체이기에 그 곳의 생활을 원활하게 하자면 업무가 서로 협조적이고 필요를 충족시켜 주어야 한다. 그래서 동료와 원만하고 친해지는 인간관계를 유지해야 하며 이를 위해 생각해야 할 것이 있다.

첫째, 이 중 가장 중요한 것이 대면하기이다. 서로 마주보고 미소를 지으면서 '나도 알고 너도 알지' 하는 표정을 교환하면, 얼굴을 마주하지 않았을 때와는 전혀 다른 느낌을 받을 수 있다. 이때 커피를 함께 나누면 더욱 효과적이다.

둘째, 동료의 자리를 지나갈 때 먼저 상대가 바쁜지 안 바쁜지를 살펴보고, 바쁘다면 가볍게 인사 정도를 하고, 바쁘지 않다면 몇 마디 더 대화를 하는 것도 필요하다.

셋째, 대화의 내용이 필요하다. 소소한 얘기를 준비하되 뜬소문이 화제가 되어서는 안 된다. 다른 사람의 말에 집중하고 항상 이야깃거리가 넘쳐나는 대화가 필요하다.

넷째, 다음 포인트는 스마트폰 내려놓기다. 한창 즐겁게 대화를 나누던

동료와의 관계에 온 힘을 다하고 그들을 존중하며
그들에게 모든 주의력을 기울이고
가십이 아닌 재미있는 이야기 거리를 준비하고 동료의 특징을 기억하며
그 장점에 대한 칭찬을 아끼지 않았을 때
자연적으로 동료와 친해지고 가깝게 될 것이다

중 누군가 스마트폰 벨이 울려 대화가 중단되는 경우가 종종 있다. 이때 분위기를 계속 유지하기 위해서는 스마트폰 벨이 울릴 때 즉시 벨 소리를 무음으로 전환한 다음 잠깐 번호를 확인한 후 가방에 넣어 자신의 시야에서 스마트폰을 치우는 것이다. 이렇게 하면 상대는 자신과의 대화에 좀 더 집중하고 싶어 한다.

　다섯째, 상대에 대한 사소한 것들을 기억하는 데 있다. 사람들과 이야기를 나눌 때면 상대방이 내가 한 말을 들었는지 확신할 수 없는 순간들이 종종 있다.

여섯째, 긍정적인 소문의 주인공이 되는 것이다. 사람은 모두 자신을 칭찬해주고 이해해주고 인정해주는 사람과 친해지고 싶어 한다. 이때 거짓 칭찬을 할 것이 아니라 진심으로 우러나오는 표정을 지어 칭찬하여야 한다. 따라서 동료를 만나면 그의 장점이 무엇이며 그의 일 처리 방식 중 높이 살 만한 것은 없는지 유심히 관찰해 둘 필요가 있다. 동료의 소문 등 이야기는 되도록 삼가고 동료의 앞에 보다 뒤에서 하는 칭찬이 더 효과적이다.

이상과 같은 내용에 주의를 기울이고, 주변 사람들에게 조금만 더 마음을 쓴다면 직장내 원만한 인간관계를 맺는 데 큰 도움이 될 것이다. 요컨대 동료와의 관계에 온 힘을 다하고 그들을 존중하며 그들에게 모든 주의력을 기울이고 가십이 아닌 재미있는 이야기 거리를 준비하고 동료의 특징을 기억하며 그 장점에 대한 칭찬을 아끼지 않았을 때 자연적으로 동료와 친해지고 가깝게 될 것이다.

하는 일의 성과를 높이는 법

우리들은 각자 맡은 분야에서 노력은 했으나 큰 성과를 얻지 못하는 경우가 있다. 아주 어렸을 적부터 성공하려면 부지런하고 성실해야 한다고 배워왔다. 그러나 새벽부터 밤늦게까지 열심히 일한다고 해서 반드시 부자가 되는 것은 아니다. 즉, 성실성이 성공하는 요인이 된 것은 농경시대에나 해당된 것이었다.

그렇다고 해서 성실성이 불필요하다는 말은 아니다. 뭔가 이루어내기 위해서는 성실성은 기본이고 거기에 플러스 알파, 즉 효율적으로 일할 수 있는 능력이 있어야 한다. 효율적으로 일한다는 것은 성실하게 일한다는 것과는 차원이 다르다. 아무리 많은 시간을 투자하고 아무리 열심히 해도 결과가 오르지 않는다면 발상의 전환이 필요하다.

이를 위해,

첫째 자신에게 문제가 있다는 사실을 받아들여야 한다. 이것은 문제해결에 가장 중요한 핵심사항이다. 자신에게 문제가 있다는 사실을 받아들이지 않으면 해결할 필요성도 느끼지 못할 것이고 노력도 하지 않게 될 것이다.

둘째, 문제가 있다는 사실을 인정한 다음에는 그 문제가 무엇인지를 정확하게 파악해야 한다. 문제를 정확하게 인식하지 않으면 문제가 아닌 것을 푸느라 많은 시간과 전력을 낭비하게 된다.

뭔가 이루어내기 위해서는
성실성은 기본이고 거기에 플러스 알파,
즉 효율적으로 일할 수 있는 능력이 있어야 한다.

셋째, 문제를 정확히 파악한 다음에는 핵심이 되는 문제를 해결할 수 있는 가장 효과적인 전략을 찾아야 한다. 핵심에 치중하고 부수적인 것은 일단 포기해야 한다. 부수적인 것에 많은 관심을 가지게 되면 한정된 자원을 부적절하게 배분하고 너무 많은 대상에게 자원을 분산시킬 수 있기 때문이다. 문제를 효과적으로 해결하려면 무엇보다도 자원을 적절하게 배분해야 한다. 우리에게 주어진 시간과 에너지는 한정되어 있기 때문이다.

넷째, 문제의 원인을 내부구조에서 찾아야 한다. 그렇게 하기 위해서는 무엇보다 자기가 좋아하거나 잘할 수 있는 일을 해야 한다. 모든 창의적인 업적이 놀이처럼 일 하는 사람들의 작품이듯, 즐기면서 하면 좋은 성과를 낼 수 있다. 또한 결과를 바꾸려면 먼저 과정을 바꾸어야 한다. 다른 문제에는 다른 해결책이 항상 존재하기 때문이다.

다섯째, 생산성이 높은 일에만 집중해야 한다. 여러 가지 일을 평균적으로 잘하기보다는 부가가치가 높은 특정 분야에만 치중해야 한다. 가장 성공적인 기업은 주력 분야에만 집중하고 나머지 분야에 노력을 분산하지 않는다. 성공하려면 경쟁사보다 높은 이익을 낼 수 있는 분야에만 집중투자해서 최대한 단순하게 운영해야 한다.

여섯째, 가능한 생활을 단순화해야 한다. 현명하지 못한 사람들은 주어진 모든 일에 비슷하게 시간을 할당한다. 그래서 생활이 복잡해진다. 반면 성공하는 사람들은 주어진 시간을 먼저 고려해서 중요한 소수의 일에만 시간을 할당한다. 때문에 그들의 생활은 단순하다. 삶의 질을 높이기 위해서는 우리에게 행복을 가져다주는 소수의 핵심부분에 더 많은 노력을 해야 한다. 그러기 위해서는 무엇보다 생활을 단순화해야 한다.

자신의 문을 열고 남들과 사귀는 법

우리 주위에는 자신에게 주어진 일은 정확하게 처리하지만, 다른 사람에게 자신의 감정을 솔직히 드러내는 것은 서툴고 미숙한 사람이 많다. 그것은 상대방에게 자신의 감정을 내보였을 때 상대방이 수용하지 못할 것 같은 우려 때문이다. 고스란히 속내를 들켜버림으로써 수치심만 느끼게 될 뿐 어떤 공감도 얻지 못하게 될 거라는 괜한 우려 때문에 스스로 마음의 문을 꼭꼭 걸어 잠그게 된다.

인간은 지금 느끼는 감정을 누구와도 공유할 수 없을 때 강한 외로움을 느낀다. 이렇게 마음의 문을 열지 못하고 남들과 잘 어울리지 못하는 사람은 다음과 같은 마음을 갖고 행동을 하면 남과 잘 사귈 수 있게 될 것이다.

먼저, 내 진짜 감정을 찾아보는 연습이 필요하다. 먼저 그날에 있었던 일을 일기로 써보는 것이다. 하나의 상황에서 한 가지 감정만 생겨나는 것이 아니므로 여러 가지 감정을 느낀 대로 쓴다. 어떠한 감정을 느끼게 되었는지를 최대한 많이, 그리고 곰곰이 생각해 보라. 이렇게 하여 스스로 자기 감정을 확인해보고 자신이 느낀 감정의 정당성을 알게 되었다면, 이를 다른 사람에게 알리고 공감을 얻는 다음 단계로 넘어간다. 직접 얼굴을 대하고 감정을 표현하는 것이 어려우면 다양한 SNS를 활용하는 것도 좋은 방법이다.

그리고, 내가 느낀 감정을 친구나 회사의 동료 등에게 전달하는 것이다.

내 감정을 이해했을 때에야
비로소 상대방의 감정을 이해할 수 있는 능력이 생긴다

상대방으로부터 즉각적으로 공감의 메시지를 받는다면 효과는 대단히 크다. 자기 내면의 감정을 누군가와 교감한다는 것은 참으로 기분이 좋은 일이다. SNS를 통한 감정표현에 익숙해졌다고 여겨지면 가까운 동료를 직접 만나 자연스럽게 자신의 감정을 표현하도록 노력한다. 한 명, 두 명 만나 감정을 나누다 보면 타인과 어울리고 교감하는 데 거부감이나 부담감이 줄어들고 있는 자신을 발견하게 된다.

누구도 내 감정을 틀렸다고 말할 수는 없다. 감정은 과거와 현재에 주어진 상황이 만들어내는 자연스러운 결과물이다. 내 감정은 내가 제일 잘 안다. 내 감정에 당당해질 때 스스로 당당해질 수 있다. 이러한 당당함이 주변의 인간관계를 더욱 자연스럽고 깊이 있게 만들어 준다. 내 감정을 이해했을 때에야 비로소 상대방의 감정을 이해할 수 있는 능력이 생긴다.

자신을 사랑하는 이유

사랑이란 인간이 살아가는 데 있어 가장 필요한 요소라고 본다. 인생을 살다 보면 행복에 겨운 날도 있고 기쁜 날도 있고 슬픈 날도 있다. 특히 슬프거나 괴로울 때 사랑은 가장 큰 힘이 되어 준다. 사랑은 희망의 에너지와 따뜻한 에너지를 품고 있기 때문이다.

진정한 사랑을 위해서는 먼저 자신을 사랑해야 한다. 자신을 사랑하는 법을 배우면 자신은 물론 남을 이해하고 사랑하게 된다. 왜냐하면 자신을 사랑하게 되면 마음이 여유로워지고 배려하는 마음이 길러지기 때문이다. 자신을 사랑할 줄 모르는 사람은 남도 사랑할 줄 모르게 된다. 반면 자신을 사랑하면 자존감이 높아짐으로써 자신과 남을 사랑하는 일에 열정을 다한다.

자신을 사랑하는 방법으로는

첫째, 자기 자신을 인정하는 마음을 가져야 한다. 이는 끊임없이 마음의 연마를 통해서만 얻어지므로 부단한 노력이 필요하다.

둘째, 책을 항상 곁에 두고 있어야 한다. 책은 마음의 양식으로서 온갖 지식과 지혜는 물론 현대에서 필요한 정보를 신속하게 제공해주기 때문이다.

셋째, 인간은 부지런함보다는 게으름을 피우는 속성이 나타나므로 이를 진정한 사랑을 위해서는 먼저 자신을 사랑해야 한다.
자신을 사랑하는 법을 배우면
자신은 물론 남을 이해하고 사랑하게 된다.

경계해야 한다. 게으름은 인간의 능력을 무용지물로 만들어 버리는 성질을
갖고 있기 때문이다.

넷째, '나는 할 수 있다'는 자신을 가져야 한다. 어떠한 일을 할 때 자신감
을 갖고 하는 것과 막연히 하는 것은 결과적으로 상당한 차이가 있다. 중요
한 일을 할 때에는 언제나 할 수 있다는 자신감을 가질 수 있도록 평소 훈련
을 하여야 한다.

다섯째, 긍정적으로 말하고 긍정적으로 행동해야 한다. 긍정은 자기애를 높이는 가장 확실한 수단이다. 부정적인 생각은 곧 자기를 부인하는 일이다.

여섯째, 자신을 위해서 시간과 금전을 투자해야 한다. 그렇게 하면 곧 몇 배 또는 그 이상의 결과를 얻게 될 것이다.

일곱째, 자신의 건강을 위해 투자해야 한다. 아무리 사업에 성공해서 목표를 달성하여도 건강을 잃으면 다 소용이 없다.

여덟째, 변화에 적극적으로 대처해야 한다. 발전된 삶을 살고 싶다면 새로운 변화에 맞서 변화를 리드하는 자세가 필요하다. 그러므로 항상 공부하고 새로운 것을 축적해 나가는 자세가 필요하다.

자신을 사랑하는 것이 사랑에 있어서 가장 중요하다. 우리는 자신을 사랑하는 법을 통하여 모든 것을 사랑하는 법을 알게 되는 것이다.

상대의 마음을 여는 법

연애나 중매를 통해 알게 된 상대방의 마음을 쉽게 여는 방법으로 먼저 상대가 말할 때 맞장구를 치거나 미소로 진심을 전하는 방법이 있다. 이런 여자와 대화하는 남자는 기분이 좋아져서 대개 진심을 털어놓고 만다. 대화를 할 때 "응" 혹은 "네" 라는 맞장구를 많이 사용하는 사람일수록 상대가 좋아한다는 것을 알 수 있다. 그리고 맞장구와 미소를 보이면 말하는 이로 하여금 더 많은 말을 하게 하는 작용이 있다. 그것은 맞장구와 미소가 '당신에게 흥미가 있다. 당신에게 좀 더 말하고 싶다.'라는 마음을 전달하기 때문이다. 한편 더 많은 이야기를 듣고 싶을 때에는 맞장구와 미소를 이용하면 좋다. 맞장구와 미소를 이용하면 상대에게 말을 많이 하게 만들 수 있으며, 호감도 얻을 수 있다.

상대가 침울한 상태, 멍하게 있는 상태, 억지웃음을 웃고 있는 상태로 있을 때 "왜 그래?" 하며 말을 걸어보면 처음에는 "아무 일도 아니야."라고 할 것이다. 이때 다시 한 번 "정말 무슨 일이야?"라고 물어보는 것이 좋다. 욕구불만을 가진 사람들은 '그것을 누군가에게 말하고 싶다'는 마음과 '그렇게 하면 체면이 손상되지 않을까' 하는 마음이 서로 갈등을 일으킨다. 그러므로 한번이 아니라 몇 번 반복해서 묻는 것이 좋다. 그때 말을 들어주는 사람이 나타나면 욕구불만을 발산, 해소할 수 있다.

다음은 그녀에게 약한 소리를 해서 마음을 끈다. "너니까 말하는데, 이번에 또 실패했어."라거나 "자신감을 잃어 버렸어."라는 식으로 약한 소리를 그녀에게 하면 이 말을 들은 그녀는 '나에게만 이런 얘기를 해주다니.'라며 감격해서 무슨 일이든 도와주어야겠다는 마음을 가지게 된다. 누가 봐도 능력이 있는 남성이 중요한 자리에서 실패를 했다는 말을 한다면 이것을 보던 여성은 실패한 그에게 인간적인 따듯함을 느낀다. 단, 평소부터 형편없는 남자인 경우 효과는커녕 사태가 더 악화될 수 있다. 데이트할 때는 자만을 떨지 말고 실패담을 얘기하는 것이 좋다. 이런 얘기를 하면 그녀는 마음을 열 것이다. 관계가 더 진전되지 않을 때는 약한 모습을 보이는 것도 좋은 방법이다. 비열한 방법 같지만 이것은 어디까지나 강한 남자, 능력 있는 남자이기 때문에 효과가 있는 것이지 자신감 없는 남자에게는 권할 수 있는 방식이 아니다.

=다음은 '의논할 게 있다'며 상담을 청한다. 누군가의 의견을 듣고 싶다며 상담을 청한 경우 '얘기만 들어주는 거니까 상관없겠지.'라고 편하게 받아들였다가 깊게 빠지는 경우가 있다. 사람은 누군가가 마음을 열면 거기에 맞춰서 자신도 마음을 연다. 예컨대 "최근에 일이 잘 안 풀려."라는 말을 들으면 "실은 나도 그래."라고 말을 털어 놓는다. 이런 식으로 서로에게 마음을 여는 가운데 두 사람의 마음은 친밀해진다 그러므로 친하고 싶은 사람이 있다면 "상담을 좀 받고 싶어."라고 가벼운 말을 걸어 보는 것도 좋다.

다음은 상대를 쳐다보면서 침묵을 지키는 방법이 있다. 상대와 대화를 나눌 때 수다쟁이같이 많은 말을 해도, 상대는 절반 정도밖에 듣고 있지 않기 때문에 중요한 말을 해도 별로 의미가 없다. 이러한 때는 얘기하는 도중

가끔 침묵을 지키고 상대방을 쳐다보면서 입을 다물어 버린다. 침묵은 상대방을 끌어들인다. 상대는 이때 '다음에 무슨 말을 하려는 것인가?' 하고 순간 긴장하며 기다리게 된다. 상대가 들을 마음이 되어 있을 때 중요한 말을 한다면 말하는 내용을 확실하게 전달하게 된다. 그를 쳐다보면서 침묵을 지켜보면 그때 그는 움찔할 것이다. 그때를 이용하여 "내가 정말 좋아한다."라고 하면 더욱 효과를 얻을 수 있다.

조승부 수필집

시스템을 구축하면 부자가 된다

현대에 들어서면서 개인이나 사무실의 모든 업무는 자동화 시스템으로 변화되었다. 아날로그에서 디지털로 발전된 것이다. 수동생산은 인건비도 많이 들고 생산력에도 한계가 있기 때문이다. 자동화 시스템은 초반에는 설비비용이 많이 들지만 일단 이 시스템을 구축해 놓으면 이후의 생산비용이 절감된다. 앞으로 여러 분야에서 자동화 시스템은 한층 가속화될 전망이다. 부자가 되는 길도 마찬가지다. 직장에서 보수를 많이 받거나 개인사업을 하여 부를 축적하였더라도 그것이 지속될 수 있으려면 다음과 같은 순서로 자동화 시스템을 구축해야 한다.

첫째, 사업을 하는 경우에 일정한 자본이 필요하다. 일단 종잣돈 마련이 급선무이다.

둘째, 정보를 남보다 먼저 선점해야 한다. 신문이나 방송 등 매스컴을 통해 정보를 얻을 때는 이미 늦었다 할 수 있다. 그러므로 그 분야에 일하는 전문가를 미리 알아 정보라인을 형성해 놓아야 한다.

셋째, 세상을 보는 안목이 뛰어나야 한다. 세상은 하루가 다르게 변한다. 어떤 사업이 전망이 좋은지 모르면 한국보다 앞선 나라를 둘러볼 필요가 있다. 우리 사회의 경우 부동산에 관한 관심이 많아 아파트, 상가, 오피스텔, 토지를 구매하거나 임대료를 받아 시세 차익을 남기는 예가 많다. 그들은 정보를 선점하기 위해 이에 종사하는 여러 방면의 전문가와 교류한다. 상가를 직접 운영하는 경우다. 이를 운영하는 방법이 있는데 자신이 직접 하는 경우와 동업하는 경우가 있다. 사람을 많이 다뤄야 하고 손이 많이 가는 일은 성실한 동업자와 함께한다.

넷째, 주식, 펀드, 채권 등에 투자한다. 한국의 부자들은 많은 돈을 금융상품에 투자하지 않는다. 그것은 이자율이 높지 않기 때문이다. 그러므로 근래에는 해지를 한다. 투자 경향 또한 위험부담이 높은 상품보다는 수익이 다소 떨어지더라도 안정적인 상품을 선호한다.

결론적으로 부자가 되고 싶으면 이제부터라도 시스템을 구축해야 한다. 하나의 시스템이 원활하게 돌아가면 다른 시스템을 가동시켜야 하며, 혼자서 관리하기 힘들 정도로 시스템 숫자가 늘어나면 통합을 시도해야 한다. 이상과 같이 시스템을 형성하여 운영하면 자기도 모르게 부자의 대열에 끼어있는 것을 알게 된다.

일을 할 때 반드시 즐겁게 해야 한다

우리들 주변의 성공한 사람들은, 대부분 자기가 하는 일을 즐겁게 하다 보니 어느새 성공의 관문에 다다르게 되었다고 얘기한다. 많은 사람들이 '일을 즐겁게 해야 한다'는 사실은 잘 알고 있지만 실제로 실천하는 사람은 소수에 불과하다. 일을 즐기기보다는 일에 대한 원천적인 거부감을 지닌 사람이 훨씬 많다. 굳이 성공을 달성하지 않더라도 가치 있는 인생을 살고 싶다면 일을 즐겨야 한다.

일을 즐기기 위해서 준비해야 할 몇 가지 사항이 있다.

첫째, 일 자체가 '나의 일'이라는 마음가짐을 가져야 한다. 자기가 직장에서 일할 때 '내가 고용된 회사의 일'이라는 생각보다는 '내가 운영하는 회사의 일'이라고 생각해야 한다. 그리고 '내가 이 일을 하지 않아도 동료가 할 것'이라는 안이한 생각은 버려야 한다.

둘째, 일을 처리할 때 한 가지 방법만 고집하지 말아야 한다. 업무를 수행함에 있어 자신의 방법 이외에 다른 방법도 있다고 해야 새로운 아이디어를 얻을 수 있다.

셋째, 배우겠다는 자세를 갖고 업무에 임해야 한다. 이러한 일은 수없이 해서 잘할 수 있다고 생각하지 말고 항상 몸을 낮추면서 새로운 것을 배운다는 자세를 가져야 한다. 이를 위해 선배는 물론 후배에게서도 배울 점이 있다면 배워야 한다. 또한 책이나 세미나 같은 데서도 배우는 자세가 필요하다.

넷째, 자신이 하는 일을 취미로 생각하고 일하여야 한다. 자기가 하는 일을 생활의 수단으로만 여기면 일하는 즐거움이 사라진다. 이 일이 취미생활이라고 여기면 즐겁고 시간도 금방 가게 된다.

다섯째, 가끔씩은 휴식이 필요하다. 매일 집에서 생활하는 사람은 집의 소중함을 잘 모른다. 잠시라도 여행을 갔다 오면 집의 포근함과 소중함을 느끼게 된다. 일도 마찬가지다. 열심히 일만 하는 사람은 일의 즐거움을 모른다. 쉼을 통해서 즐겁게 일할 수 있는 힘을 얻게 된다. 여섯째, 보수에 연연하지 않아야 한다. 자신의 인생에서 가치 있는 것들을 보수와 동일선상에 놓지 말아야 한다. 그렇게 하면 인생이 초라해지고 가벼워진다.

즐겁게 일하다 보면 승진도 하게 되고 자연스럽게 보수도 높아진다. 직업에서 행복을 찾아야 한다. 그렇지 않으면 행복이 무엇인지 잘 모르게 된다. 특히 세일즈맨은 즐기면서 일하다 보면 어느새 행복한 직장 생활을 할 수 있다.

좋은 습관을 지속적으로 유지하는 법

우리가 생활하면서 무의식적으로 계속 하게 되는 행동이 있는데 이것을 우리는 습관이라고 한다. 몸에 좋지 않은 나쁜 습관을 얻는 것은 쉬운 반면 이로운 습관은 만들기가 어렵다고 한다. 그래서 좋은 습관을 지속적으로 유지하고 발전시켜야 하는데, 평소에 그 이로운 습관을 지속한다는 것은 생각보다 쉽지 않은 일이 된다. 왜냐하면 지난 날 그로 인해 부자연스러운 일이 많았고, 그 결과 그것을 계속한 일은 거의 없었기 때문이다.

흔히 그것들을 지속하는 것이 바로 힘이라 한다. 분명 중요한 말이지만 '그렇게 꾸준하게 할 수 있을까?' 하는 의구심이 생긴다. 예를 들어 일찍 일어나기, 다이어트, 절약하는 일 같은 것들이다.

어떻게 하면 지속하는 사람이 될 수 있을까? 계속 한다거나 지속한다는 말을 쓰지 않고 2,3일만 한다고 마음속으로 다짐하면 된다. 그 후 바로 행동으로 옮겨 실천하면 된다. 또한 지속이라는 단어는 '계속한다'는 상태를 나타내거나 '계속했다'는 결과를 표현할 때 쓰는 말이다.

이 단어에는 미래의 행동을 지금 결정한다는 뜻이 포함되기 때문이다. 예를 들어, 꾸준히 해야 할 계획을 세우면 바로 1년 치 수고를 한다는 생각이 먼저 떠오른다. 그래서 '계속하지 못하면 어떡하나?' 하는 생각으로 막상 오늘 할 일에는 집중하지 못하게 되어 결국 포기하게 되는 것이다.

좋은 습관을 유지하고 싶다면 그 일을 결심했을 때 느꼈던 그 감정의 에너지를 이용해 '딱 3일, 그것도 오늘부터 한다.'고 결심하고 실천해 보라. 또한 3일 후 마음은 '3일간 계속 했으니 잘 되는구면.' 하면서 실행하면 이 행동 타성에 젖어 계속하게 될 것이다. 즉, 오늘 하는 행동이 쌓이면 계속되는 것이다. 그래서 운동을 할 때마다 계속한다거나 지속한다는 말 대신 '오늘 한다, 지금 한다.'고 하며 애를 쓰거나 부담을 느끼면 결국은 끝까지 좋은 습관을 가지게 될 것이다.

29

현대에 요구되는 리더십

우리가 생활하면서 무의식적으로 계속 하게 되는 행동이 있는데 이것을 우리는 습관이라고 한다. 몸에 좋지 않은 나쁜 습관을 얻는 것은 쉬운 반면 이로운 습관은 만들기가 어렵다고 한다. 그래서 좋은 습관을 지속적으로 유지하고 발전시켜야 하는데, 평소에 그 이로운 습관을 지속한다는 것은 생각보다 쉽지 않은 일이 된다. 왜냐하면 지난 날 그로 인해 부자연스러운 일이 많았고, 그 결과 그것을 계속한 일은 거의 없었기 때문이다.

흔히 그것들을 지속하는 것이 바로 힘이라 한다. 분명 중요한 말이지만 '그렇게 꾸준하게 할 수 있을까?' 하는 의구심이 생긴다. 예를 들어 일찍 일어나기, 다이어트, 절약하는 일 같은 것들이다.

어떻게 하면 지속하는 사람이 될 수 있을까? 계속 한다거나 지속한다는 말을 쓰지 않고 2, 3일만 한다고 마음속으로 다짐하면 된다. 그 후 바로 행동으로 옮겨 실천하면 된다. 또한 지속이라는 단어는 '계속한다'는 상태를 나타내거나 '계속했다'는 결과를 표현할 때 쓰는 말이다.

이 단어에는 미래의 행동을 지금 결정한다는 뜻이 포함되기 때문이다. 예를 들어, 꾸준히 해야 할 계획을 세우면 바로 1년 치 수고를 한다는 생각이 먼저 떠오른다. 그래서 '계속하지 못하면 어떡하나?' 하는 생각으로 막상 오늘 할 일에는 집중하지 못하게 되어 결국 포기하게 되는 것이다.

좋은 습관을 유지하고 싶다면 그 일을 결심했을 때 느꼈던 그 감정의 에너지를 이용해 '딱 3일, 그것도 오늘부터 한다.'고 결심하고 실천해 보라. 또한 3일 후 마음은 '3일간 계속 했으니 잘 되는구면.' 하면서 실행하면 이 행동 타성에 젖어 계속하게 될 것이다. 즉, 오늘 하는 행동이 쌓이면 계속되는 것이다. 그래서 운동을 할 때마다 계속한다거나 지속한다는 말 대신 '오늘 한다, 지금 한다.'고 하며 애를 쓰거나 부담을 느끼면 결국은 끝까지 좋은 습관을 가지게 될 것이다.

대화에서의 칭찬의 의미

우리는 만나는 사람과 대화를 나눌 때 상대방의 기분을 좋게 하기 위하여 호감이 가는 말을 하는 것이 일반적이다. 호감이 가는 말 중 칭찬을 먼저 들 수 있다. 하지만 칭찬이 반드시 좋지만은 않다고 한다. 그건 진심이 담기지 않은 상투적인 말로 사용될 수 있기 때문이다. 그러나 이러한 칭찬의 뜻을 깊이 생각하고 마음속 깊이 진심이 우러나는 느낌을 줄 때 상대방에게 감동을 주는 상당한 효과를 얻을 수 있다.

칭찬을 이용하여 사업을 성공한 사람을 보면, 소극적으로 틀에 박힌 말만 하지 않고 적극적으로 상대방의 행동을 높이 치켜세워주는 행동을 한다. 상대방은 나중에 어떠한 것을 해결해달라는 부탁을 할 것임을 미리 알면서도, 우선 기분이 좋아서 나중의 일에 대하여 긍정적으로 바라보게 된다.

이러한 칭찬은 상대를 편안하게 하여 협상에 도움이 되지만, 너무 지나치게 과한 칭찬을 하면 상대는 자신의 행동과 비교해 보고, 때로는 그것이 해가 되어 자신과 거리를 두게 되는 것을 보게 된다. 그러므로 좋은 칭찬이란 상대의 도움이 적절하고 감사했음을 이야기하면 되는 것이다.

또한 칭찬이란 활기차고 진취적이고 유머가 있는 말을 사용할 줄 아는 지혜와 기교가 있어야 한다. 칭찬이란 인간의 다양한 욕구를 충족시켜 준다고 한다. 그 종류를 보면 대략 몇 가지를 들 수 있는데 구체적으로는 생리적 욕구, 안정성, 귀속성, 성취성, 애정 등이다.

보통 우리가 칭찬을 할 때 그 방법은 먼저 상대 앞에서 하는 경우와 상대가 없는 곳, 즉 다른 사람 앞에서 하는 경우가 있다. 이때는 상대가 현재 없는 곳에서 하는 경우가 상대 앞에서 하는 경우보다 더 효과적이라고 한다. 이것은 대화의 내용이 특수한 내용이 아니고 일반적인 사항이라고 하더라도 상대로 하여금 감동으로 느껴지기 때문이다. 칭찬의 내용은 어느 한 부분적인 것이 아니고 모든 내용이 포함된 것이 더 나을 수 있다. 그가 한 일이 완성되었을 때 그저 허울 좋게 톤을 높여 말하는 것보다 어려운 일을 끝까지 밀고나가 결국은 성취하게 되었다는 것 자체가 칭찬의 소재가 될 수 있기 때문이다.

상기와 같이 칭찬이라는 단어를 사용하여 상대의 장점을 높여 대화를 하게 되면 좋은 결과를 얻을 수 있고 목적을 달성할 수 있게 될 것이다. 나아가 칭찬은 또다시 대화를 가질 수 있는 기회를 얻을 수 있는 정말 효과적인 말이다. 이 글을 통해 칭찬의 의미를 다시 한 번 되새겨 볼 기회가 되었으면 한다.

대화를 재미있게 이끌어 가는 법

우리가 사회에서 생활하면서 친하지 않고 잘 모르는 사람과 말하는 경우가 있다. 또한 오랫동안 만나지 못한 친구 간에 대화를 나누게 되는 경우도 있다. 이때 인사는 해놓고 다음 대화를 이끌어 나가야 하는데 무슨 말을 어떻게 해야 하는지 잘 모르는 상황을 만나게 될 수 있다.

처음 만나는 사람과의 대화는 상당히 신중하고 조심스럽게 하되 상대방의 말 가운데 중요한 정보를 알아내야 한다. 이때 상대가 무엇을 중요하게 생각하고 어떤 것에 관심이 많은지를 알고 대화를 나누면 순조롭게 대화를 이끌어 나갈 수 있다.

우리가 대화를 나누다 보면 상대방의 관심사나 상호 공통점이 있음을 발견할 수 있다. 평소 이러한 것을 염두에 두지 않고 대화를 하다 보면 처음에는 대화가 순조롭게 전개되다가 갈수록 상대의 언어가 핵심에서 벗어나고 나중에는 흐지부지 끝나는 경우가 허다하다. 그러므로 대화를 나눌 때는 상대가 무엇을 중요시하고 좋아하는지를 파악하는 것이 중요하다고 할 수 있다.

다음은 상대방이 어떤 자부심이 있는지를 알아내어 그 화제에 대해 어떻게 생각하고 있는지를 아는 것이 중요하다. 우리가 사회생활을 하면서 만나는 사람이 많고 횟수가 많아지면 자기 자신의 이해득실은 우선시하고 꼼

꼼히 계산하면서 남의 것은 가볍게 여기는 습성이 있다. 이보다는 대화를 할 때 자기 자신의 자랑거리는 가급적 말하지 않고 대신 상대의 장점을 말하고 상대를 더욱 높여주어 상대로 하여금 자부심을 갖게 하면 상대는 자신을 '참 괜찮은 사람이고 좋은 사람'으로 여겨 계속 이야기를 이어나가게 된다. 이때 상대의 현재의 직업이나 직장 등을 주제로 하여 그러한 직업이나 직장에 대해서 무조건 좋게 이야기하면 된다.

이런 화제로 대화를 나누다 보면 상대는 자신이 그에 대해 조예가 깊은 줄 인정하게 되고 덩달아 기분도 좋아지는 것을 느낀다. 그렇게 계속 대화를 하다 보면 상대의 표정은 자신감으로 가득차고 전문가 못지않은 태도를 보이게 될 것이다. 이러한 분위기가 계속되면 상대가 자신을 보는 태도가 변해서 마음의 문을 열고 적극적으로 대화에 임하게 된다.

열정은 성공의 열매

우리들 주변에서 성공한 사람들을 보면, 대다수가 자기 하는 일에 온갖 열정과 정성을 기울여 일하는 사람들이다. 열정은 그 자체가 인위적이라기보다는 자연 발생적이기 때문에 말하기는 쉬워도, 막상 마음을 단단히 먹고 해보려고 하면 결코 쉽지 않은 일이다.

마음속에서 자연히 우러나온 열정이라는 꽃이 시들지 않고 꾸준히 자라서 열매를 맺기까지는 몇 가지 조건이 수반되어야 한다.

첫째, 성공에 대한 확실한 신념이 있어야 한다. 예를 들어 운동 경기에서 이길 수 있다고 확신하는 사람이 경기에서 이기는 확률은, 이러한 마음의 준비가 없는 사람보다는 더 크다고 한다. 확신이 있으면 컨디션도 좋아 마음대로 움직여지지만 반면 확신이 없이 경기에 임하면 동작이 잘 되지 않아 실패할 확률이 높기 때문이다. 이렇게 열정 자체는 긍정적 마음을 갖게 하는 원동력이 된다.

둘째, 자신에 맞아야 한다. 자기가 하는 일이 자기의 적성에 맞으면 일에 능률이 오르지만 적성에 맞지 않으면 아무리 노력해도 진도가 잘 나가지 않으며, 일이 자신의 적성에 맞지 않기 때문에 당장 그만두든지 방향을 다른 곳으로 돌려야 한다. 성공하는 사람은 누가 시키지 않아도 자발적으로 밤 늦게까지 일한다. 열정은 생각이나 의지만으로 나타나지 않는다. 일에 대

열정은 그 자체가 인위적이라기보다는
자연 발생적이기 때문에 말하기는 쉬워도,
막상 마음을 단단히 먹고 해보려고 하면
결코 쉽지 않은 일이다

한 흥미 없이는 불가능하다. 흥미란 어느 정도 적성에 맞을 때 생기고 적성에 맞아야 열정이 생긴다.

셋째, 한계점을 뛰어넘는 재능이 있어야 한다. 노력은 재능을 뛰어넘는다고 하지만, 똑같이 노력한다고 하면 탁월한 재능을 지닌 사람이 성공할 수밖에 없다. 적성에 맞고 재능도 있어 남들보다는 잘 하는데 그 이상은 발전하지 못하는 사람이 있다. 특히 스포츠나 예술 분야 쪽에 이러한 사람들이 많다. 왜냐하면 한계점을 뛰어 넘는 재능을 갖고 있는지, 그저 단순한 재

능인지를 구별하기란 쉽지 않기 때문이다. 처음에는 재능이 없어 보였는데 부단히 노력해서 특출한 재능을 보이기도 하고, 특출한 재능을 지닌 것처럼 보였는데 시간이 흘러 평범한 재능으로 전락하기도 한다. 오랫동안 외길을 걸어 왔음에도 그 방면에 전혀 빛을 보지 못했다면 재능을 갖지 못했다고 봐야 한다.

넷째, 비전이 있어야 한다. 자신이 하는 일에 있어 보수도 중요하지만 그보다 더 중요한 것은 미래의 전망이다. 지금은 당장 보수가 적을지라도 비전만 있다면 열정이 생긴다. 비전은 현실의 어려움을 잊게 함과 동시에 일에 매진하게 하는 원동력이다. 자신이 하는 일에 열정을 느낄 수 없다면 다시 한 번 뒤를 돌아보아야 한다.

성공에 대한 확신이 있는가? 나의 적성에 맞는가? 한계점을 뛰어넘는 특출한 재능이 있는가? 비전이 있는 일인가? 이상과 같은 것들이 열정과 같이 수반되어야 한다.

33

노인의 의미있는 삶

우리 사회에서는 그동안 연령이 65세 이상부터를 노인이라고 하여 왔는데, 요사이는 그 수명이 늘어서 70세 이상부터 노인이라고 칭하고 있습니다. 이 노인들은 나라가 힘든 시기에 태어나서 상당히 어려운 환경에서 자라왔으며, 우리나라가 현대의 부강한 국가를 이루는 데 기여한 사실을 어느 누구도 부인할 수 없습니다. 이제 노인들은 인생의 종착역에 가까워 왔으므로, 그들이 남은 생애를 보람있고 즐겁게 보낼 수 있도록 하는 것이 우리 사회의 필요한 과제이며 숙제입니다. 지금 우리 사회의 노인들은 대부분 경제적 빈곤과 건강 악화로 자기가 원하지도 않는 삶을 영위하고 있는 현실입니다.

노후에 가장 필요한 것은 경제적 여건과 건강입니다.

먼저 경제적 여건을 살펴보면, 그동안 가정을 이루고 살아오면서 소요되는 생활비, 자녀의 교육비, 결혼비용 등은 모두 부모들의 몫이었기에 그들은 노후에 경제적으로 어려운 실정에 놓이게 됩니다. 이에 반하여 서구 사회, 특히 미국 같은 나라에서는 자녀가 어릴 때부터 학비를 스스로 조달하는 생활습성이 몸에 배어 있어 부모의 경제적 부담은 덜어지게 됩니다.

그러므로 우리 사회 노인의 경제적 문제는 노인 스스로 해결할 수 있도록 하되, 정부가 이를 정책적으로 뒷받침하여 노인들의 일자리를 만들어주고 소득을 늘려 주는 제도가 필요할 것입니다. 또한 현재 노인 복지 차원의

조승부 수필집

수당을 지급하여 생활에 도움을 주고 있지만 많이 부족한 실정입니다. 현재 실시하는 정부의 제도를 보면 노인의 소득을 감안하여 기본 수당을 지급하고, 가장 최하위 소득자는 기초수급자로 선정하여 수당을 지급하는 등 최대한 보장은 해주려고 하고 있지만 그 액수가 노인이 생활하기에는 아직 많이 부족한 실정입니다. 정부에서 좀더 좋은 계획을 수립하여 실천하는 태도가 필요하다고 할 것입니다.

다음 대두되는 것이 건강문제입니다. 지난 번 모 일간지의 발표에 의하면 우리 사회 노인이 일생에서 남은 10년 정도는 건강한 삶이 아니고 병을 갖고 일생을 마감하는 것이 대부분이라고 하는 기사를 읽은 적이 있었습니다. 국가도 현재 건강보험 제도를 이용하여 도움을 주고 있지만 그 병증이 한두 가지가 아니고 여러 질병들을 복합적으로 가지고 있어 한 번에 여러 가지 약을 복용하든지 아니면 수시로 병원 신세를 지고 있는 것이 현실입니다.

사람의 건강의 기본 요소는 음식, 운동, 마음 다스리기 세 가지를 들 수 있습니다.

먼저 음식의 중요성은, 동의보감이라는 책에서 '식약동원'이라고 하듯이 음식은 곧 약과 같다고 합니다. 또한 고대의 유명한 철학자이자 의사인 히포크라테스는 음식으로 못 고칠 병은 없다고 했습니다. 그러므로 노인들의 건강은 먼 곳에 있는 것이 아니고 자기 주변에 있는 것입니다. 노인들에게 있어서는 음식을 자기 몸에 맞게 규칙적으로 먹는 것이 가장 중요하다고 할 것입니다. 그러나 우리나라 노인들 중에는 자기가 '살 만큼 살았는데 지금 음식이 뭐 그렇게 중요한가?'라고 말씀하시는 분도 있다고 합니다. 지금이라도 자기 몸에 맞는 음식을 골라서 먹는 습성을 길러야 합니다.

장수하는 사람의 대부분은 규칙적으로 운동을 합니다. '운동' 하면 헬스클럽이나 스포츠 동호회, 클럽 같은 데서 운동을 하는 것으로 아는데 혼자서도 얼마든지 할 수 있습니다. 일찍 일어나서 맨손체조, 요가, 팔굽혀펴기, 스트레칭 등은 얼마든지 할 수 있습니다. 또한 바깥에서 걷기 운동을 하면 좋습니다. 의학지에 의하면, 걷기 운동을 하면 몸 전체가 좋아지고 특히 하체 근육이 튼튼해져 당뇨병, 골다공증 같은 병도 사전에 예방할 수 있다고 합니다.

끝으로 심신을 편안하게 하는 것으로 명상요법이 있습니다. 명상은 마음을 다듬고 챙기는 일입니다. 명상은 심신에 안정을 주고 삶에 가치를 부여하여 삶을 보람있게 하고 즐거움을 줄 것입니다.

대화를 성공적으로 이끄는 방법

대화를 성공적으로 이끌기 위해서는, 자신감을 가지고 솔직한 대화를 나누어야 합니다. 이를 위해

첫째, 왜 함께 대화를 하는지 공통의 목적을 나눠야 합니다. 자신의 친구가 듣기 싫은 얘기를 했음에도 그것을 잘 받아들이는 경우가 나타날 수 있습니다. 그런 얘기를 다른 사람에게 했다면 싸움이 날 수 있는데도 말입니다. 그런데 전혀 화를 내지 않는 것은 그 친구가 그런 얘기를 한 것이 자기가 잘 되기를 바라고 한 뜻임을 알 수 있었기 때문입니다. 대화가 잘못된 방향으로 흘러가는 가장 큰 이유는 상대방이 자신에게 손해를 입히려 한다고 생각될 때입니다. 그러면 그 사람의 모든 말을 의심하게 됩니다. 따라서 솔직한 대화를 나누려면 다른 사람들로 모두 공통의 목적을 위해 대화를 하고 있다는 사실, 서로가 서로의 관심사와 원하는 것을 존중해주고 있다는 생각이 전제가 되어야 합니다. 공통의 목적에 대한 공감대를 형성하는 것은 금방 배울 수 있는 능력이 아니라 지혜의 산물이며 진심으로 상대방이 잘되기를 바랄 때 비로소 가능한 것입니다. 방향을 달리하여 생각해 보겠습니다. 대화 상대자가 별로 존중하고 싶지 않은 사람일 수 있습니다. 이때 사람은 모두 장단점이 있기 때문에 그 사람의 나쁜 면만 보려고 하지 말고 모두의 공통점을 찾음으로써 풀어나갈 수 있습니다.

둘째, 상대방을 믿어야 합니다. 대화 참여자들 간에 공통의 목적에 대한

말 이면에 있는 진짜 목적을 파악해야 합니다.
대화가 난관에 봉착하는 이유는 간단합니다.
자신은 자신 얘기만 하고, 상대방은 상대방의 얘기만 해서 그런 것입니다.
서로 자신의 욕심만을 추구하고 그 욕심을 이루기 위한
방법을 찾다보니 문제가 발생하게 되는 것입니다

공감대가 형성되어 있지 않거나 서로를 존중하고 있지 않다면 그것을 먼저 해결하도록 해야 합니다. 그러기 위해서는 의도를 분명히 전달하여 오해를 없애야 합니다. 대화의 달인들은 서로 존중하고 공통의 목적에 대한 공감대를 이끌어낼 줄 아는 사람들입니다.

셋째, 적절한 때를 골라 사과하여야 합니다. 서로의 대화 가운데 상대방의 마음에 상처를 주었다면 먼저 다가가 미안하다는 말을 하여야 합니다. 진정한 사과를 위해서는 자존심과 자기의 의견만을 주장하지는 않아야 합니다. 사과를 함으로써 상대방에 대한 존중의 뜻을 비쳤다면 훨씬 좋아보일 것입니다. 또한 의도를 충분히 전달했다고 해서 사과를 하지 않아도 된다는 것은 아닙니다. 원래의 의도를 전달하는 데 있어 전후관계를 설명하는 것이 더욱 효과적이기 때문입니다.

넷째, 다양한 상황에 대비하여 미리 언급을 해두는 것이 좋습니다. 서로 다른 목적을 가지고 있는 사람들끼리 대화를 하다 보면 논쟁이나 말다툼으로 변화되는 경우가 있습니다. 서로에 대해 오해를 하고 있는 것도 아니고 상대방의 의도를 잘 모르고 있는 것도 아닌데 이런 경우가 종종 생깁니다. 대화에 임하는 사람들이 택할 수 있는 최악의 선택은 앞에 놓여있는 문제를 무시하고 각자의 길을 가는 것, 상대방의 항복을 요구하며 자기의 주장만을 밀어붙이는 것입니다. 이런 식의 대화는 모두를 패배자로 만들 뿐입니다. 대화를 하는 목적은 서로 타협하기 위해서입니다.

다섯째, 공통의 목적을 찾아야 합니다. 차분한 목소리로 예의 바르게 일

관된 말을 해도 자신의 주장만을 내세우고 고집한다면 모두가 수용하는 최적의 대안이라고 볼 수 없습니다. 모두가 만족할 만한 해결책을 찾는 것이 제일 중요한 대화의 요소인 것입니다.

여섯째, 말 이면에 있는 진짜 목적을 파악해야 합니다. 대화가 난관에 봉착하는 이유는 간단합니다. 자신은 자신 얘기만 하고, 상대방은 상대방의 얘기만 해서 그런 것입니다. 서로 자신의 욕심만을 추구하고 그 욕심을 이루기 위한 방법을 찾다보니 문제가 발생하게 되는 것입니다.

일곱째, 대화에 임하기 전 미리 어떤 전략으로 대화에 임하겠다는 각오를 하고 대화를 이끌어 나가면 됩니다. 모든 대화는 말 한 마디로 상대방을 제압하고 모든 문제를 해결할 수 있을 거라는 기대는 하지 않는 것이 좋습니다.

이상과 같은 방법을 실천하게 된다면 대화가 점점 풍성하게 발전하고 새로운 모습으로 비치는 자신을 발견하게 될 것입니다.

조승부 수필집

35

대화를 통해 상대방을 설득시키는법

대화를 잘 이끌어 가는 사람은 어떻게 다른가?

우리가 가지고 있는 생각을 솔직히 말하면 상대방이 마음에 상처를 입을 가능성이 높아집니다. 그렇다면 어떻게 해야 상대방이 자신을 믿고 생각을 솔직하게 말할 수 있을까요?

여기에는 몇 가지 요소가 있습니다.

첫째, 대부분 사람들은 민감한 주제에 대해서 좀처럼 말하려 하지 않습니다. 특히 정작 말을 해 줘야 하는 사람에게는 더욱 그렇습니다. 대화를 잘 이끌어 나가는 사람은 누구에게 어떤 말을 해줘야 할지 생각하고 자신감 있게 말을 합니다.

둘째, 대화를 잘 이끌어 나가는 사람은 자신의 의견이 옳다는 것을 알면서도, 이들은 자신의 의견을 제시하고 대화를 시작하려고 하지 자신의 의견으로 마무리지으려고 하지 않습니다. 그리고 대화 중에 더 좋은 의견이 나오면 자신의 생각을 바꿉니다. 또한 적극적으로 자신의 의견을 주장하고 다른 사람들로 하여금 그들의 의견을 주장할 수 있는 분위기를 만들어줍니다.

셋째, 대화를 잘하는 사람은 민감한 주제에 대해 조리 있게 얘기할 줄 압니다. 말하는 기술이야말로 이들이 가지고 있는 자신감의 근간이 되는 것입니다.

넷째, 자신의 의도대로 설명해야 합니다. 비록 사실 그대로 말했다 하더라도 상대방은 자신에 대한 경계를 풀지 않을 가능성이 큽니다. 물론 대화는 있는 그대로 사실만을 전달해주는 것이 아니라 서로 얼굴을 맞대고 사실을 통해 각자가 이끌어낸 결론을 주고받기 위함입니다. 어떤 사람은 있는 그대로의 사실만을 전달해주고 상대방이 알아서 자신의 의도를 알아주기를 바라지만 자신 앞에서 그렇게 빨리 알 수는 없습니다.

다섯째, 자신감이 필요합니다 상대방에 대한 자신의 부정적인 생각을 말하기란 여간 어려운 일이 아닙니다. 여기에는 자신감이 꼭 필요합니다. 있는 그대로의 사실을 토대로 이끌어낸 결론과 판단이라면, 그리고 그러한 생각을 상대방과 공유하는 것이 옳다고 생각되면 더욱 자신 있게 말해야 합니다. 단, 자신 있게 말하되 과장은 하지 말아야 합니다.

여섯째, 상대방의 생각을 물어보아야 합니다. 상대방으로 하여금 자신을 신뢰하고 자신의 의견을 주장할 수 있도록 겸손한 태도를 보여야 합니다. 같은 주제에 대해 상대방은 어떤 생각을 갖고 있는지 주의깊게 살펴보아야 합니다.

일곱째, 그들의 감정에 주의력을 기울여야 합니다. 이때 객관적으로 판단하여 상대방의 생각이 더 옳다고 결론이 내려지면 자신의 생각을 과감히 버릴 수도 있는 마음가짐이어야 합니다.

　여덟째, 반대의견도 낼 수 있도록 분위기를 조성해야 합니다. 상대방으로 하여금 솔직한 자신의 의견을 말하도록 하려면 아무리 민감한 사항에 대해 언급하더라도 자신은 기꺼이 그것을 받아들일 준비가 되어 있다는 점을 알려줘야 합니다. 자신과 상치되는 의견을 내더라도 아무것도 우려할 필요가 없다는 점을 알려줌으로써 상대방이 자신을 믿게 할 수 있습니다. 그렇지 않다면 상대방은 솔직한 의견을 밝히지 않을 것이고 결국은 자신의 의견

조승부 수필집

을 검증받을 기회를 놓치게 될 것입니다. 대화 참여자 모두가 서로 자신의 주장만을 밀어붙이는 상황을 바로 잡기 위해서는 노력이 필요합니다.

대화를 통해 자신의 모습만 발견했다면 잠시 대화를 멈추고 생각해 보아야 합니다. 즉, '이 대화를 통해 진정 얻고자 하는 것이 무엇인지', '나는 저 사람들과 관계를 어떻게 가져가기를 원하고 있는지' 등등에 대해 차분히 생각해야 합니다.

그리고 내가 원하고 있는 것을 얻기 위해서는 어떻게 행동을 해야 할지를 다시 한 번 음미하면서 대화에 임하면 됩니다. 우선, 다른 대화 참여자들이 자신의 주장에 반대하는 경향을 보이는지 지속적으로 살펴야 합니다. 그리고 지나치게 단정적인 말투를 사용하지 말고 겸손한 태도를 유지해야 합니다. 물론 이러한 사항들을 이행하기란 그리 쉬운 일이 아닙니다. 과도한 열정은 우리에게 피해를 주기 마련입니다. 소신을 갖는 것은 물론 좋은 일이지만 잘못된 방식으로 표현한다면 문제가 될 수 있는 것입니다. 신념을 바꾸지는 말고 상대방이 쉽게 받아들일 수 있도록 좀더 효과적인 방법을 선택하자는 뜻입니다.

36

대화의 결론을 이끌어내고 실행하는 방법

대화가 잘 이루어지려면 가급적 많은 대화 참여자들이 자신의 의견을 제시해야 합니다. 또한 참여자들은 적극적으로 저마다의 의견을 개진하며 수많은 좋은 아이디어를 제시하여야 합니다. 아울러 그 제시된 아이디어를 최종적으로 하나의 아이디어로 집약, 선택하여 실행에 옮겨야 합니다.

그러나 대화에서 가져온 좋은 아이디어가 실행으로 옮겨지지 못하는 경우가 있는데 그 이유는 다음과 같습니다.

우선, 어떻게 최종 결론을 내려야 할지 갈피를 잡지 못하는 것입니다. 그리고 최종 결론을 내렸다 하더라도 실행에 옮길 적절한 방법을 찾지 못하는 것입니다. 대화를 통해 제시된 수많은 의견을 종합하여 최종 결론을 이끌어내는 것도 쉬운 일이 아니지만 그렇게 나온 최종 결론을 실행으로 옮기는 것도 역시 어려운 일입니다.

도대체 결론이란 무엇인가 궁금증을 가지게 될 것입니다. 대화에 있어 가장 위험할 때는 대화를 시작할 때와 끝날 때입니다. 대화에서 결론을 매듭짓기 위해 사용할 수 있는 유용한 방법으로는 다음과 같은 것들이 있습니다.

우선, '권한을 위임하여 그 지시에 따른다' → '전문가의 조언을 듣는다' → '모두가 동의할 때까지 대화를 계속한다' 이 순서대로 하면 시간은 좀 오래 걸리지만 사람들의 동참을 이끌어낼 수 있습니다.

그리고, 위의 방법으로 도출한 중요한 결론을 실행으로 옮기는 것입니다. 상황에 맞는 적절한 방법을 이용하여 결론을 이끌어냈다면 이것을 실행에 옮겨야 합니다. 이러한 때는 한 사람에게 한 가지 임무만이 맡겨지는 것이 아닌 이상 맡은 임무를 수행함에 있어 조직 구성원들 사이에 혼동이 생길 수 있습니다. 이를 방지하기 위해서는 다음과 같은 것들이 요구됩니다.

(1) 누가 책임질 것인가?

'모두의 책임은 그 누구의 책임도 아니다.'라는 말이 있습니다. 실제로 누군가에 그일에 대한 책임을 부여하지 않으면 그 일은 거의 진척이 되지 않습니다. 일을 수행할 때는 '우리'가 하라고 해서는 안 됩니다. 여기서 '우리'는 '내'가 아닌 '다른 사람'이 되어 버리기 때문입니다. 아무리 책임감이 있는 사람이라 하더라도 우리 모두가 일을 하자고 하는 상황에서는 매우 부분적인 책임감을 느끼게 합니다. 따라서 서너명 사람에게 업무를 맡길 때에는 그 업무에 대한 책임자를 분명히 정해주어야 합니다.

(2) 무엇을 어떻게 해야 하는가?

책암자를 정했으면 이제는 구체적으로 어떻게 실행에 옮길 것인지에 대한 지침이 있어야 합니다. 이를 위해서는 어떤 식으로 진행되어야 하는지에 관한 구체적인 논리가 따라야 하는 것입니다.

(3) 언제까지 해야 하는가?

대화를 통해 이끌어낸 결론을 실행에 옮기는 데 있어 너무나 많은 사람들이 시간이라는 요소를 생각하지 않는 경향이 있습니다. 사람들은 구체적인 마감기한을 정하는 대신 '가급적 빨리, 적당한 시간 내에'와 같은 식으로 마감기한을 정합니다. 그런데 더 급한 문제는 항상 있기 마련이고 더 급한 문제를 처리하다 보면 지금의 일은 뒷전으로 밀리다가 나중에는 잊혀지게 됩니다. 구체적인 마감 기한이 없는 실행 계획은 그저 종이 조각에 불과하게 되는 것입니다.

(4) 일이 진척되는 과정을 어떤 식으로 점검할 것인가?

일이 진척되는 과정을 얼마나 자주 어떤 방식으로 보고받을 것인가에 대해 논의가 있어야 합니다. 예를 들면 '일 주일에 한 번 이메일을 통해 간략히 보고 받는 방법'등 과정을 점검할 방법을 정해 두어야 합니다. 전체 프로젝트가 어떻게 진행되고 있는지는 반드시 정기적으로 확인해 볼 필요가 있습니다. 그래야 나중에 생길지도 모르는 문제를 사전에 방지할 수 있기 때문입니다.

37

대화할 때 상대방에서 좋은 점수를 얻는 법

잘 모르는 사람과 대화를 나눌 때 '어떠한 화제로 하면 좀더 좋은 관계가 유지되어 대화의 목적을 달성할 수 있을까?'는 대단히 중요한 문제입니다. 오랜만에 만난 친구라도 상대의 최근 정보를 잘 모르고 있으면 얼마든지 난감한 상황에 처할 수 있습니다. 특히 낯선 사람과 대화를 나눌 때는 항상 신중한 태도를 유지하며 최대한으로 상대의 정보를 많이 알아내야 합니다.

상대에 관한 기본 정보를 어느 정도 알아낸 다음에는 어떻게 말해야 흥미를 끌고 대화를 이어갈 수 있을까를 생각해야 합니다. 이 때 반드시 알아야 할 중요한 것들이 있습니다.

첫째, 정말 상대가 중요하게 생각하는 것에 관한 대화를 해야 합니다. 모든 대화에는 사람들이 보편적으로 생각하고 쉽게 파악할 수 있는 공통 분모가 있기 마련입니다. 단지 우리가 잘 모를 뿐이라고 한다면, 처음에는 대화가 진행되는데 그러다가 상대방의 태도가 변하면서 흐지부지 끝나는 경우가 많습니다. 이러한 이유는 상대가 중요하다고 여기는 대목에 관심을 보여야 하는데 그렇지 못한 경우가 대부분인 것입니다.

둘째, 상대가 자부심을 느끼는 일에 관한 대화를 많이 하여야 합니다. 만나는 사람이 점점 많아지면 몰랐던 한 가지를 발견하게 됩니다. 많은 사람들이 자신의 이해득실은 꼼꼼히 따지면서 남의 것은 가볍게 여기는 좋지 않은 습관을 갖고 있기 때문입니다. 그러므로 이런 좁은 마음을 버리고 이득을 취하기 위해 남 앞에서 장황하게 늘어놓던 내 자랑을 잠시 접어두고 대신 상대방을 더욱 높여주고 그들이 자부심을 느끼는 일에 관해 이야기하도록 독려해주어야 합니다. 그러면 상대방은 자기가 남들과는 조금 다르며 참 좋은 사람이라고 생각하게 될 것입니다. 이런 화제를 선택하면 그가 잘 알고 있는 영역으로 들어가 대화를 나눌 수 있게 되고 그러면 상대는 당연히 기분이 좋아질 수밖에 없습니다. 실제로 그의 직업이 아무리 평범한 것일지라도 거기에 종사하지 않는 다른 사람 앞에는 전문가가 될 수 있기 때문입니다. 게다가 아무리 평범한 사람이라고 해도 그 일에 관해서는 자기보다 아는 것이 훨씬 많습니다. 그렇게 이야기를 계속 나누다 보면 상대의 표정은 자신감으로 가득 차고 전문가 못지않은 느낌을 풍기게 할 것입니다. 이렇게 기분이 좋아지면 자연스럽게 이야기하는 상대방을 사로잡을 수 있게 될 것입니다.

셋째, 상대가 좋아하는 화제 속에서 기회를 찾아야 합니다. 유쾌하고 화기애애한 대화를 이끌어가는 사람으로서 분위기를 잘 띄우고 말도 재미있게 하는데 간혹 사교성은 떨어지는 사람이 있습니다. 이런 사람과 대화를 나누면 상대방에게 호감을 남기지만 이야기가 끝나면 그걸로 끝입니다.

넷째, 연속적으로 대화를 이어나가는 노력을 해야 합니다. 우리가 대화를 나누는 진정한 목적은 자기 생각을 통하여 사람을 잘 사귀기 위해서입니다. 즉 대화는 일종의 수단이며 진정한 목적은 교제에 있는 것입니다. 다음 번에 만남을 약속하려면 상대와 이야기하는 화제 속에서 기회를 찾아야 합니다.

  이렇듯 평범해 보이는 대화 속에서 기회를 찾아 말 잘하는 사람으로 보이는 것은 정말 중요합니다. 대화는 흥미롭고 재미가 있어 그 속에 비록 아주 특별한 말이나 행동이 담겨있지는 않지만 이를 통해 우리도 모르는 사이에 진정한 대화의 목적을 달성할 수 있습니다.

38

인간관계에서 친밀한 관계를 유지하는 법

누군가와 대화를 할 때 무슨 말을 했는지와 무슨 동작을 했는지가 매우 중요합니다. 그렇다면 어떻게 말과 행동을 잘하는지를 생각해 보겠습니다.

첫째, 상대의 몸짓을 따라 하면 호감을 얻을 수 있습니다.

다음은 먼저 편안한 환경을 조성하고 아주 폭신하고 편안한 소파에 앉히는 것이 필요하고 자신의 위치를 상대보다 조금 낮게 잡는 것도 좋습니다.

마지막으로 내면의 풍부한 감정을 전달해야 합니다. 동작에는 감정이 담겨져 있습니다. 연기자들은 감정을 표현하기 위해 작은 동작을 사용합니다.

또한 말은 기술이 아니고 상대방에 대한 배려라 할 수 있습니다. 말을 잘하는 것은 상대방에게 부담을 떠넘기지 않는다는 것을 뜻합니다. 끌리는 말투로 호감을 얻는 사람은, 입에 발린 말로 허황되게 미래를 꾸며대지 않으면서 상대를 하나의 운명공동체로 간주합니다. 이러한 관점에서 보면 호감을 얻는 사람은 생활력이 강하고 지혜롭게 개척해 나가는 사람이며, 실의에 빠지거나 슬럼프에 빠져 있는 사람을 말로써 설득시켜 상대를 다시 새롭게 출발시켜주는 역할을 하게 됩니다.

대화는 그 자체가 유쾌하게 만드는 역할을 합니다. 우리는 모두 재미있고 유쾌한 사람과 대화하기를 원합니다. 만일 상대가 불쾌한 화제로 대화를 나누는 경우에는 자신은 우아한 방식으로 대치해야 합니다. 그렇지만 상대방이 말하는 내용과 행동을 분석해 볼 필요는 있습니다. 진심인지 가식인지를 알아야 하기 때문입니다. 또한 상대의 호감을 얻기 위해서는 상대의 감정을 최우선으로 여겨야 합니다. 그 다음에 자신이 사전에 준비한 여러 가지 방법과 논리 이익을 설명하는 것입니다.

그리고, 말투가 부드럽고 다정다감해야 상대방의 공감을 얻어 낼 수 있습니다. 나쁜 말투는 상대의 감정을 배려하지 않은 채 자기의 주관적인 생각만을 말하는 것입니다. 상호 작용이 가능한 화제를 통해 상대가 대화에 참여하도록 유도해야 합니다. 끌리는 대화는 상대에게 관심을 표현하는 동시에 선의를 베풀어 따뜻한 마음을 느낄 수 있도록 하는 것이며, 결국은 상대방에게 호감을 얻는 길인 것입니다.

39

토론을 성공적으로 이끄는 법

토론을 할 때 내가 먼저 토론을 전개하면 주도권을 잡을 수 있다고 생각이 들지만 상대방에게 속내를 들켜버릴 위험이 있습니다. 그래서 상대가 먼저 이야기하게 하고 그동안 그의 논리를 분석하여 천천히 반론을 생각하면 됩니다. 즉, 곧바로 자신의 의견을 말하는 것이 아니라 상대방에게 이야기하게 만드는 것이 포인트인 것입니다. 합기도라는 운동에서는 먼저 다가서는 공격이 없습니다. 합기도는 원래 방어를 위한 무술이기 때문에 공격해오는 사람을 어떻게 대처할지에 주안점을 두는 것입니다. 그러므로 이는 상대방 주장이 모두 나왔을 때쯤 그 근거를 하나씩 파헤치고 대안을 제시하라는 것입니다.

처음 상대부터 말하게 만들면 그의 의견을 발판으로 삼아 더욱 활발하게 논의를 전개할 수 있습니다. 상대의 말을 충분히 듣다 보면 그만큼 자신의 의견이 떠오르게 되는데 그것은 의문점이어도 좋고 개선할 문제여도 좋을 것입니다. 거기서부터 나의 논리를 전개하는 것은 생각보다 어렵지 않습니다.

"선생님의 고견을 듣고 나서 이런 점을 알게 되어 저에게는 유익합니다. 또한 당신의 의견은 다른 관점에서 보아서도 장점이 많습니다."는 등의 방식으로 상대방의 논의를 전개시키면 상황판단이 무척 빠른 사람으로 보일 것입니다.

그리고 그것을 바로 생각난 것이 아니라 애초부터 생각하고 있었다는 듯이 말한다면 더욱 좋다고 봅니다.

또한 질의응답에서 어려운 질문을 받을 때 답변하기 어렵고 미리 준비하지 않은 내용이라면, 상대방에게 반대로 질문을 해보는 것 또한 좋은 방법이 될 것입니다.

"그렇군요. 그런데 그 질문에 대해 당신은 어떤 답을 생각하고 있습니까?"

이렇게 반문한 뒤에 그가 자기 논리를 펼치는 동안 그를 참고하면서 그에 관한 대답을 준비할 기회를 갖고 답변에 참고할 내용을 다시 한 번 정리합니다. 그런 점에서 상대에게 먼저 말하게 하고 자신은 그것을 참고하기 위해서 후에 말하는 것이 좋다고 봅니다. 어느 쪽을 선택할지는 각자의 취향에 따라 다르겠지만 자기만의 논리를 전개하여 나가는 데는 재론의 여지가 없습니다. 그러나 자신의 의견이 아직 확고하지 않은 상태에서 토론에임하였다면 '선'보다는 '후'가 한결 쉽고 유리하다고 할 것입니다.

107

40

말을 잘하는 법

　우리 인간은 사회생활을 하면서 여러 사람을 만나게 되고 업무상 또는 개인 일로 자주 말을 하게 됩니다. 그러할 때마다 상대방에게 자신의 뜻과 내용이 담긴 구체적인 말을 나누게 되는데 이것을 요령껏 기술적으로 전달할 수 있다면 자기가 요구하는 사항을 모두 얻을 수 있을 것입니다.

　말은 원래 그 내용을 구체적이고 재미있고 유쾌하게 진술해야 합니다. 남에게 끌리는 말투를 구사할 줄 아는 사람은 당시 몸담고 있는 직장은 물론이고 업계가 모두 없어진다 해도 여전히 능력을 인정받아 좋은 인재로 살아갈 수 있는 것입니다. 지금 일하고 있는 직장에서 자신이 얼마나 유능하고 중요한 사람인지 그 존재를 알리는 것이 중요합니다. 말을 잘한다는 것은 곧 일을 잘한다는 사람으로 인식되어 말을 잘 못하는 사람보다 훨씬 더 큰 경쟁력을 갖게 되는 셈입니다. 그러므로 매일매일 말 잘하는 능력을 갖추도록 연구하고 발전시켜 나가야 하는 것입니다. 그렇게 할 때 짧은 시간에 새로운 고객을 자신의 사람으로 만들고 기존고객을 잘 관리할 수 있는 것입니다. 또한 가족간의 대화에서도, 자녀들에게는 부드러운 대화로 사랑을 전하고, 아내에게는 사랑의 말을 전달함으로써 가정을 더욱 화목하게 만들 수 있습니다.

　대화는 토론이나 변론보다 훨씬 더 강한 힘이 있다고 합니다. 변론의 대가들은 사람들로 하여금 선망의 대상으로 느끼게 하며, 그들 자신은 상대를 이기고 경쟁자를 패배하게 만들 것입니다. 진정으로 대화를 잘하는 사람은 상대방을 자신에게 집중시켜 자기를 믿게 하는 묘한 매력을 가지고 있습니다. 우리는 어떤 행사에서는 연설을 하지 않고도 살아갈 수 있으나, 누구와도 대화를 하지 않고는 살아가기 힘듭니다. 대화를 통해 우리는 때때로 그동안 알지 못했던 나 자신과 다른 사람의 모습을 발견하게 됩니다. 다정하고 끌리는 말투는 자신을 능동적이면서 매력적인 사람으로 만들어줍니다. 또한 대화는 열린 마음으로 다른 사람과 의견을 나누고 이해하게 하며, 자연스럽게 상대에게 접근할 수 있게 해줍니다. 진정으로 공감하고 대응하는 법을 익히게 되기 때문입니다.

지금과 같은 인터넷 시대에는 사람들이 대부분 온라인을 통해 소통하는 비대면 대화라서 사람과 사람이 직접 접촉해서 얼굴을 보고 대화하는 대면 대화가 점차 퇴화하고 있습니다. 이럴 때일수록 대화의 중요성은 더욱 커져 사람의 온정을 느끼고 같은 감정을 공유할 수 있는 대면 대화가 더욱더 절실히 필요하다고 할 것입니다.

이상과 같이 대화는 사람과 사람의 관계에 얽힌 복잡한 문제를 아무런 문제가 없는 양으로 바꾸어주기 때문에 정말로 사회생활을 해나가는 데 없어서는 안 되는 존재이며 꼭 필요하다는 것을 이 기회를 통해 재인식하여야 할 것입니다.

대화에서 매너의 중요성

우리 인간 관계에서 있어서는 매너가 좋아야만 대화가 잘 전달된다고 합니다. 매너가 나쁘면 인격까지 나쁘다는 평가를 받기 때문입니다. 서구 사회에서는 아이들에게 어려서부터 테이블 매너나 파티에서의 에티켓을 가르치고 있습니다. 사람의 훌륭한 매너가 그 사람의 모든 면을 멋지게 보이게 만드는 필수조건이기 때문입니다. 이러한 외부적인 것들이 내부적인 마음을 잘 반영하고 있다고 봅니다.

아무리 능력이 뛰어난 사람도 말투가 경박하거나 행동이 세련되지 않으면 좋지 못한 평가를 받습니다. 어떤 대기업의 CEO는 이제 막 회사에 들어온 신입사원들을 보면서 그들의 장래를 처음 몇 주 안에 대부분 예측할 수 있다고 말했습니다. 매너가 좋은 젊은이들이 역시 일도 잘하고 회사가 원하는 인재상에 부합하여 승승장구 하는 경우가 많다고 합니다. 타인에게 매너 없이 행동하는 사람은 얼마 가지 못하고 회사를 떠나는 경향이 많다고 합니다. 사회인의 가치는 일을 잘하는 것도 중요하지만 그에 못지않게 진심으로 남을 배려할 줄 아는 매너도 중요한 것입니다.

우리가 매너를 익히는 기본적인 이유는 다른 사람을 불쾌하게 만들지 않기 위해서입니다. 타인을 불쾌하게 만드는 사람에게는 누구라도 접근을 꺼릴 것이기에 사람들은 '매너가 능통한 것'을 사회인으로서 성공할 수 있는 필수적인 기술이라고 말하는 것입니다. 만약 멋진 매너에 대한 지식이 부족하다면 상식 수준에서 허용될 수 있는 행동조차 타인에게는 나쁘게 보일 수 있는 것입니다.

또 하나 사업상 만난 사람과 같이 행동할 때 어떤 환경에 접해서 어떻게 해야 하는지 걱정이 앞서는 경우가 있습니다. 그럴 때는 자기가 잘 아는 곳으로 인도하면서 자기가 익숙한 자리를 마련하는 것이 좋습니다. 그러나 가장 좋은 방법은 주변의 조언을 통해 자기 분야에 꼭 필요한 매너를 습득하는 것입니다.

매너는 사회인으로서 언젠가 있을 상황에 대비하며 미리미리 연마하고 알아두면 요긴할 때 쓸 수 있을 것입니다. 어쩌면 사람들의 매너가 가장 빨리 그리고 확실하게 두드러지는 스피치라고 할 수 있습니다. 누구와 대화를 나누다 보면 단번에 사람의 습관과 예의 그리고 상식의 수준까지 두루 알 수 있기 때문입니다. 평소에도 매너라는 관점에서 언어 습관을 개선해 나가는 훈련이 필요합니다. 그러기 위해 자주 스피치 기회를 가져 주위 사람들의 평가를 받아 보는 것이 필요할 것입니다.

42

자기 의견을 절대 바꾸지 않는 사람과의 대화하는법

사람은 원래 누구라도 쉽게 자기의 의견을 바꾸려고 하지 않으며, 타인에 의해 바꾸는 것은 더욱 원치 않는 속성이 있습니다. 또한 자신의 신념이나 의견을 접지 않고 바꾸지 않는 사람도 많습니다. 만약 이러한 사람과 대화를 할 때는 그의 의견을 바꾸려는 무모한 시도는 하지 않는 편이 바람직합니다. 그러하지 않으면 서로가 화만 돋우는 결과를 초래하여 대화의 장마저 없어지게 만들 것이기 때문입니다.

타인을 바꾸려고 시도하는 것보다는 차라리 자신을 먼저 바꾸는 것이 편하며, 그렇게 하는 것이 문제를 해결하는 시발점이 될 수 있습니다. 상대방의 의견을 바꾸는 것은 엄청난 수고가 필요하지만 자기 자신을 바꾸는 것이라면 지금 바로 실행할 수 있기 때문에 훨씬 수월한 것입니다. 게다가 내 쪽에서 먼저 굽히고 들어가면 신기하게도 상대방도 굽혀주는 일이 많습니다. 가령 상담을 위한 대화에서 "제가 졌습니다. 제가 뜻을 굽히겠습니다."라고 말을 꺼내면 상대방도 갑자기 태도를 바꿔 "저야말로 너무 고집을 피웠습니다. 제가 뜻을 접겠습니다."라고 타협해주는 경우가 종종 있습니다. 이길 수 없는 논의에서는 재빨리 물러나는 게 앞일을 전망하기는 훨씬 쉬워집니다. 부부지간에서도 자기 개성이 뚜렷한 여자는 좀처럼 남편의 의견에 동조하지 않고 나이가 들수록 바뀌기는 점점 어려워집니다. 남편이 이에 맞서다 보면 온 심신이 피로해 가정 전체의 분위기가 엉망이 되는 것입니다. 이로 인해 부부싸움을 하는 경우도 많습니다. 이때 남편이 못 이긴 척 하면서 부인의 생각에 동조하면 그 가정은 화목하고 화기애애하게 될 수 있는 것입니다.

인생에는 반드시 이길 필요가 없는 상황이 찾아옵니다. 굳이 무리를 하여서 이긴다 해도 만신창이가 되어 상처를 받고 말 수 있습니다. 처음부터 상황 판단을 하여 상처를 적게 받는 방법을 선택하는 전략, 즉 내가 먼저 지는 것을 선택하는 것이 좋습니다. 라인을 바꾸는 데 100의 노력이 든다면 나 자신과 타협하는 데는 그보다 훨씬 적은 노력이 듭니다. 상대방이 절대 타협하지 않는 고집불통의 사람이라면 그에 맞춰 자기 자신을 바꾸는 것이 훨씬 편하다 할 수 있는 것입니다.

43

대화를 나눌 때 중요한 자세

　우리가 누군가와 말을 할 때는 그 자세가 아주 중요합니다. 가령 비스듬히 소파에 기대어 말하면 아무리 고상한 이야기라도 건방지게 들리고, 반대로 자세를 바르게 하고 엄숙한 표정으로 말하면 아무리 내용이 저급해도 나름대로 설득력 있게 만들 수 있습니다. 이렇듯 말을 할 때는 무조건 입을 열기보다는 분위기부터 연출하는 자세가 필요합니다.

　아무리 중요한 이야기이더라도 몸을 흐느적거리며 이야기를 늘어놓는다면 사람의 마음을 움직일 수 없습니다. 강의할 때도 몸을 기울인 채 말하는 습관이 있는 사람이 있는데. 진지함이란 찾아볼 수 없고 왠지 생각나는 대로 적당히 둘러댄다는 인상이 강하게 느껴집니다. 반면 인기가 있는 강사는 자세가 아름답다고 할 정도로 등을 똑바로 쭉 펴고 앞을 정확히 응시하면서 말합니다. 따라서 사람의 시선을 피하지 않고 정면을 받아 하는 강의가 인기가 있다고 할 것입니다.

　무술이나 춤을 배울 때 무엇보다 기본자세를 엄격하게 지도하는 것도 자세가 그만큼 중요하기 때문이지 다른 이유는 없습니다. 대화도 마찬가지여서 단정하지 못한 자세로 말을 하면 야무짐이 없어 보이고 진지하지 않은 말로 들리게 됩니다. 또한 자세가 나쁘면 발성에도 영향을 준다고 합니다. 좋지 않은 자세를 취하고 말을 해보면 대부분 밝고 분명한 소리가 나오지 않습니다.

직장에서도 아래 직원에게 가슴을 당당하게 편 채로 말을 시작하면 효과가 그만큼 높아집니다. 이렇게 엄숙한 분위기를 만들면 아래 직원은 '업무상 중요한 일이구나.' 하며 주의를 기울일 것입니다.

자세를 올바르게 하면 자신의 심리상태에도 영향을 끼친다고 합니다. 실제로 이러한 것을 실험하여 본 결과, 자세를 바르게 하고 걷게 한 실험 참가자 대부분이 성격이 밝아지고 자신감이 강해졌음을 발견할 수 있었다고 합니다. 그러므로 자세를 바르게 하면 심리적으로 안정되어 성격에도 긍정적인 영향을 끼친 사실을 알 수 있는 것입니다.

결론적으로 대화의 장에서 유창하고 뛰어난 말솜씨가 아니라도 분위기 연출을 통해 얼마든지 설득의 자리를 만들 수 있습니다. 그런 의미에서 평소 말투뿐만 아니라 말을 전달하는 자세에 대해서 깊이 생각하고 수시로 연습하는 습관을 갖게 하면 좋을 것 같습니다.

44

호감을 갖게 하는 말

좋아하는 사람이 우리에게 어떤 부탁을 하면 그것을 거절하기가 쉽지 않습니다. 그 이유는 호감의 매력이 있기 때문입니다. 이러한 일은 전혀 모르는 낯선 사람에 대해서도 광범위하게 사용되어 우리에게 상당한 영향을 주기도 합니다. 또한 이러한 방법을 원용하여 친구 사이의 목적 달성을 위해서도 그들의 우정을 다양한 형태로 이용하기도 합니다. 즉, 우리로 하여금 그들을 좋아하게 만든 후에 호감의 법칙을 사용한다는 뜻입니다. 이러한 속성을 물건을 판매하는 영업사원에 적용하면 상당한 실적을 올리게 될 것입니다. 그 비결은 비교적 간단합니다. 첫째는 정당한 가격을 원한다는 것과 둘째로는 그들이 좋아하는 영업사원으로부터 직접 구입한다는 뜻입니다. 이러한 호감의 법칙은 아직 해결되지 않는 문제에도 관심을 갖게 만듭니다.

그럼 호감의 원천은 어디에서 오는 걸까요?

첫째, 신체의 매력에 이끌린다는 것입니다. 사회생활에서 인상이 좋은 사람이 유리하다는 것은 모두 알고 있습니다. 그리고 그 사람의 긍정적인 특성 하나가 그 사람 전체를 평가하는 데 큰 영향을 끼칩니다. 흔히 우리는 얼굴의 인상이 좋은 사람들이 으레 능력있고 친절하고 정직하며 영리하다는 선입견을 갖고 있습니다. 이러한 효과는 선거를 통해 잘 나타나고 있습니다. 이때 그 후보자의 경력보다는 그의 얼굴의 호감이 우선 적용되기 때문입니다. 회사에서 사원을 채용할 때도 깔끔한 외모가 그의 자질보다는 면저 적용됩니다. 또한 외모가 잘생긴 사람은 긴급상황에서도 다른 사람의 도움을 쉽게 받을 수 있습니다. 이러한 결과를 놓고 보면 잘생긴 사람은 우리 문화에서 확실히 유리한 위치를 차지하고 있다고 볼 수 있습니다.

둘째, 사소한 공통점에도 호감을 갖게 합니다. 가장 호감이 가는 경우가 신체적 호감인데, 이와 달리 상대방과 자신이 공통점을 가졌을 때 또한 호감을 갖게 합니다. 우리는 우리와 닮은 사람을 좋아합니다. 의견, 성격, 가정환경, 생활양식 등 다양한 영역에 걸쳐 공통적으로 적용되고 있는 것처럼 보입니다. 자신을 좋아하게 만들어서 우리에게 영향력을 발휘하려는 목적을 가진 사람들은 다양한 방법을 사용하여 우리와 비슷하게 보이도록 노

력하고 있습니다. 그러나 이때 우리가 주의할 점이 하나 있습니다. 그것은 작은 유사성에 대해서도 우리는 긍정적으로 반응하며, 또한 유사성은 매우 간단하게 조작될 수 있으므로 우리는 이런 경우 상대방에게 속지 않고 특별히 경계할 필요가 있는 것입니다.

셋째, 칭찬을 들을 때 호감을 얻는 것입니다. 어떤 사람이 자신을 좋아한다는 정보는 효과적인 도구로 활용될 수 있습니다. 칭찬은 우리 생활에서 자주 들을 수 있는 것이 아니기 때문입니다. 우리 사회는 칭찬에 대해 너무 인색하다고 볼 수 있습니다. 일반적으로 우리는 칭찬하는 말이 진심이라고 믿는 경향이 있으며, 비록 사람들이 그 칭찬을 진실성이 없는 것이라 하여도 그런 칭찬의 말을 하는 사람들을 좋아하는 것입니다. 그래서 우리 생활에서 칭찬을 잘 활용하면 바라는 목적을 달성할 수 있다고 하는 것입니다.

조승부 수필집

결혼에
성공하는 법

01

농촌 총각과 국제결혼

　전국적인 결혼시장에서는 많은 미혼남녀들이 결혼식을 올리고 있지만 우리 주변의 수많은 농촌 총각들은 '그림의 떡'인 것처럼 결혼 한 번 못해보고 홀로 지내고 있는 절박한 상황이다.

　게다가 농촌 총각이 국내 여성과 결혼을 하려 하면 여성들의 수준에 맞추기가 어렵고, 농촌의 경제적 상황은 사회의 발전 속도에 상응하지 못하기 때문에 농촌 총각의 결혼은 기회조차 주어지지 않는 실정이다.

　그동안 우리 사회에서는 중국 조선족 처녀와의 결혼을 통하여 이 문제를 해결해 보려고 했지만 위장결혼, 무단가출, 기타 부정한 목적으로 이용되는 등 많은 상처를 남기게 되어 더 이상 조선족과의 결혼을 선호하지 않는 형편이다. 그에 상응하여 농촌 총각의 결혼은 더욱 어려워지고 있는 실정이다.

　또한 우리나라 농촌의 실정은 부모를 모시고 살아야 하는 경우가 많고, 주로 농업에 종사해야 하는 까닭에 근래에는 베트남 등 해외로 범위를 넓혀 맞선을 보고, 배우자를 찾는 농촌 총각들의 눈물겨운 반쪽 찾기 붐이 일어나고 있다. 비행기에 몸을 실은 이들은 설렘과 착잡함이 교차되는 가운데 그곳에서 낯선 처녀와 맞선을 보아야 한다.

우리 농촌 총각들은 결혼에 골인하기 위해
서로 이질적인 문화와 다른 생활 방식을 극복하고
따뜻한 마음으로 어루만져 주면서 노력하여야 한다

우리 농촌 총각들은 결혼에 골인하기 위해 서로 이질적인 문화와 다른 생활 방식을 극복하고 따뜻한 마음으로 어루만져 주면서 노력하고 있다고 한다. 한편 베트남은 낯선 문화이지만 그나마 비슷한 점이 많아 많은 농촌 총각이 찾게 된다고 한다.

최근 우리 사회에서는 출산율의 저하로 인한 사회경제적 영향을 우려하여 대책과 방안을 강구하는 논의가 증대되고 있다. 이를 위해 정부 차원에서 다방면으로 힘쓰고 있지만 현실적으로 대두되는 출산율의 저하, 국내 여성의 결혼 기회 부족, 특히 농촌 총각의 결혼의 어려움 등에 관한 효과적인

조승부 수필집

방법을 제시하기는 어려워 국제결혼으로 범위를 넓힐 수밖에 없는 것이다.

이제 우리는 과거로부터 내려오고 있는 단일민족이라는 배타적 고정관념과 그로 인해 외국 여성에 대해 무조건적 거부감을 나타내는 시각으로부터 탈피해야 한다. 지금의 세대는 불과 몇 시간이면 세계 어느 곳이든 왕래할 수 있는 지구촌 시대이며, 그 곳의 사람들은 우리의 이웃이 되었다. 우리들 모두는 그들과 어울려 21세기를 살아가야 한다는 현실을 직시하고 배타적인 굴레를 훌훌 벗어 던져야 한다. 그러므로 이제는 국제결혼을 적극적으로 추진함으로써 이러한 문제를 해결해야만 할 것이다.

02

행복하면 몸으로 표현하라

인생에서 가장 가치 있는 것, 가장 중요한 것은 바로 사랑이다. 순수한 사랑이야 말로 절대적인 것이다. 그래서 대부분의 사람들은 타산적으로 사랑하는 사람을 경멸한다. 남녀의 관점으로 국한하여 보더라도 가장 소중한 것은 사랑이다. 막상 연애에 빠져 있을 때는 설사 보통의 남자이더라도 좋은 남자로 착각하는 경우가 많고, 심지어 자기 스스로 위로하고 만족하는 경우도 있다.

"행복하면 손뼉을 쳐라"라는 노래가 있다. 그 노래에는 '행복하면 몸으로 표현하라'는 말도 나온다. 물론 곧바로 일치할 수는 없겠지만 서로 좋아지면 몸으로 표현하라. 몸으로 표현하라는 뜻은 동물처럼 직접 몸으로 구애행동을 하라는 것이 아니다. 인간에게는 다른 동물이 가지지 못하는 '언어'라는 최선의 의사소통 도구가 있는바 그것을 사용하라는 뜻이다. 평소 내성적인 사람은 물론이지만, 무슨 일에나 적극적이고 도전적인 사람일지라도 이런 말을 아무 힘들이지 않고 털어놓기는 어렵다. 오히려 연인 앞에서는 평소와 같이 자연스럽게 자신을 표현하는 것이 어려워 그렇지 않은 듯이 행동하는 경우가 더 많은 법이다.

그러나 마음속으로는 아무리 사랑하고 있더라도 아무 말 않고 지나간다면 그 마음이 상대에게 전해지지 않는 법이다. 예외적으로 서로의 눈이 맞아 바로 사랑에 빠지는 경우에는 말을 하지 않아도 서로의 마음이 통할지도

사랑은 수동적으로 기다리기만 해서는 안 되며
적극적으로 사랑을 창출해낼 묘안도 필요하다.
우연을 가장해 상대가 자주 가는 카페에 가보든지,
상대가 매일 타고 내리는 역에서 우연인 것처럼
만나는 것도 좋은 방법이다.

모르겠다. 그러나 그렇다고 해도 그 후 어떠한 형태로든 자신의 마음을 전하지 않는다면 그 사랑은 발전되지 않기 마련이다.

말로써 직접적으로 상대에게 자신의 마음을 고백하는 일이 어렵다면 그 대신 다른 방법을 생각해내야 한다. 예를 들면, 상대방의 생일에 선물을 하는 것도 하나의 방법이 될 것이고, 그때 편지 같은 방법으로 자신의 마음을 전할 수 있으면 더욱 좋을 것이다. 최근에는 생일뿐만 아니라 밸런타인데이, 화이트데이, 크리스마스 또는 연말연시 등 선물할 기회가 많다. 그러므로 그것을 기회삼아 선물을 전달하는 간접적인 방법으로 호의를 전하는 일은 그다지 어렵지 않게 되었다. 이것은 의외로 효과가 크다. 상대방이 같은 직장 내에 있을 경우에는 사내 야유회나 서클 활동, 동호회 등을 이용하는 것도 좋은 방법이 된다. 이런 곳에서는 모든 일에서 해방되어 긴장이 풀어지므로 어떤 식으로든 사랑을 표현할 기회가 많아진다.

사랑은 수동적으로 기다리기만 해서는 안 되며 적극적으로 사랑을 창출해낼 묘안도 필요하다. 우연을 가장해 상대가 자주 가는 카페에 가보든지, 상대가 매일 타고 내리는 역에서 우연인 것처럼 만나는 것도 좋은 방법이다. 이러한 행동은 결코 나쁜 일이 아니다. 당신이 간절하게 원하는 사랑을 이루기 위해서는 이 정도의 적극성은 오히려 필요한 것이다. 옛날에는 사랑의 고백이 오로지 남자만 하는 것, 여자는 단지 그것을 기다리기만 하는 것으로 인식되어 있었지만 그러한 시대는 이미 지난 지 오래이다.

자! 당신에게 연인이 있다고 치자. 아니 사랑까지는 발전되지 않았더라

125
조승부 수필집

도 당신의 연인으로 가능성이 있는 상대를 발견했다고 하자. 그렇지만 잡지의 인생 상담란 등을 보면 나의 경우 아직도 연인이 없다는 부분에 해당된다. 얼굴이 그다지 못난 것도 아니고, 교제도 남만큼 하고 있고, 일반적인 사회상식이나 교양도 갖추고 있다. 그런데 이렇다 할 연인이 생기지 않는다. '다른 사람들은 모두 연인이 있어 즐거워하는데 왜 나만이 상대를 찾지 못할까?' 이런 여성들이 있다면 가장 먼저 자신이 무의식중에 남자들이 싫어하는 타입 속에 들어있지 않은가 반성해 보는 것도 중요하다. 자신도 모르는 사이에 교양 없이 행동하고 있지는 않은가, 지나치게 자기 본위로 보이지 않은가, 통명스럽고 냉정한 여자로 보이지 않는가, 귀염성을 잃은 것 아닌가 등등 여러 가지 요소를 지금 한 번 돌아보는 것이 필요하다.

그렇지만 자기반성을 한다는 건 말만큼 쉬운 일이 아니다. 자신은 여러 조건을 만족시키도록 행동하고 있다 해도 다른 사람이 그렇게 보아주지 않는 경우도 많다. 혹 그럴 때는 친한 친구를 통해 객관적으로 정직하게 자신의 단점을 지적받아 보는 것도 좋다. 보편적인 여성인데도 연인이 생기지 않는다면, 역시 그녀는 조바심 많고, 무슨 일에나 억지를 부리는 태도를 보이거나 소극적이고 수동적인 자세를 가지고 있는 때가 다반사이다.

예전의 남성들은 좀 저돌적인 면이 있었다. 자기 마음에 들거나 좋아하는 여성이 있으면 그 여자를 차지하기 위해 돌진해오는 면이 있었다. 그렇지만 어릴 때부터 남녀공학에서 교육받아 항상 온순하고 친절만을 요청 받아온 지금의 젊은 남성들은 그런 야만적인 적극성에서 그다지 익숙하지 않다. 마음속으로 좋아하면서도 그것을 정확히 말할 용기가 없다. 때문에 요즘의 사랑은 단지 기다리고 있어서는 시작되지 않는다는 생각이 중요하다.

그렇다고 해서 일부러 남자 사이를 왔다 갔다 하거나, 남자의 유혹에 약해져 누구에게나 쉽게 응해도 좋다는 뜻은 아니다. 그렇게 한다면 오히려 남자의 경멸만을 불러일으킬 뿐이다. 어느 정도 도도하게 군다는 말을 들어도 좋다. 그것이 애교가 없는 태도이거나 자만한 자세라면 마이너스가 되지만, 애교가 있는 결벽성은 남자에게 매력 포인트로 보이는 것이다. '저런 도도한 여자를 내 사람으로 한다'는 자부심을 느끼게 할 수 있는 것이다.

연인이 생기지 않는다고 탄식하고 불평만 할 것이 아니다. 연인이 영원히 생기지 않는 일은 없다. 세상의 반은 남자이고 반은 여자이기 때문에 본인의 결심과 노력으로 반드시 이루어지리라 확신한다.

03

연애와 결혼의 차이

연애의 필요충분조건은 사랑이다. 더도 필요 없다. 다른 이유는 불문하고 행복할 수 있는 것이 연애다. 헤어지며 '행복하게 살라'고, '사랑하기 때문에 헤어진 거'라고 말할 수 있는 것도 연애이기 때문에 가능하다. 하지만 결혼은 연애가 아니라 부부가 된다는 것을 주위의 모든 사람들로부터 공식적으로 인정을 받는 것이다. 신랑 신부 양측 모두 두 분씩의 부모를 모시게 되는 것이며, 새로운 가족을 탄생시키는 것이다. 그래서 결혼에는 사랑이 필요조건이 될지언정 충분조건은 될 수 없는 것이다.

오로지 "너만을 사랑할게." 라고 말하며 떠나보낸 사람이 얼마나 많은지 한번쯤 생각해 본 일이 있는가? 이렇게 사랑이란 말을 남발하여 얻은 것은 과연 무엇인가? 행복의 절정에서 갖는 연인들의 의구심은 어쩌면 당연한 것일지도 모른다. 행복의 절정에서 갖는 연인들의 마음은 믿을 수가 없다. 어쩌면 그것이 당연한 것일지도 모른다. 물론 이대로 이별의 순간을 맞이하리라는 생각은 하지 않겠지만, 그렇다고 결혼에 대해서 확신할 수도 없을 것이다. 그래서 사람들이 흔히 "결혼이라는 것은 결혼식장에 들어가야 안다."라고 말하는 것이 아닐까? 연애를 하는 동안 사랑도 확인했고, 서로에 대해서 많은 부분을 알고 있지만 막상 결혼 앞에서는 갑자기 꼬리를 내려버리는 연인들…….

여자는 연애와 결혼을 동일시하는 경우가 대부분이지만 남자는 좀 다르다. '연애는 연애, 결혼은 결혼'이라고 생각하는 경우가 많다. 즉, 연애의 연장선상에서 결혼이란 단어로 마침표를 찍길 거부하는 것이다. 여기서 불행은 시작된다. 여자가 기다리다 못해 급기야 남자에게 결혼에 관한 운을 떼었을 때 움찔하며 한 발 물러서는 남자를 보면, 여자들은 자존심을 짓밟혔다고 생각한다. 그래서 여성들은 연애에 관한 피해의식이 압도적으로 강하다. 시간과 돈과 정성을 다 바쳐 연애를 하다가도 막상 결혼 얘기만 나오면 몸을 사리는 이유는 무엇일까?

도대체 연애와 결혼의 차이가 무엇인가? 연애는 감정이나 공식적으로 구속하는 일도 없고, 그래서 책임감도 덜하다. 즉, 자유를 만끽할 수 있는 관계인 것이다. 또 연애는 따로 사는 것을 전제로 한다. 같은 침대를 쓰고, 같은 화장실을 사용하는 등 공동으로 생활하지만 사소한 마찰이 계속되는 결혼과는 다르다. 연애는 아름답고 자유로운 몸이다. 연애는 현실과 거리가 있기 때문에 사회의 모든 구속으로부터 자유롭게 도망쳐 둘만의 감정을 공유할 수 있다. 그렇지만 그것이 시한부라는 것을 모두가 알고 있다. 어느 누가 먼저 끝내자고 말할지는 아무도 모르지만 그래도 행복할 수 있는 것이 연애다.

하지만 결혼은 구속력이 강하다. 책임감이 따른다는 말이다. 부부가 된다는 건 주위의 모든 사람들로부터 공식적인 인정을 받는 것이다. 성씨가 다른 사람을 자신의 가족으로 받아들이는 것이며, 상대방을 위해 때때로 자신을 굽혀야 하는 것이다. 자신의 감정보다는 사회적인 이목이 더 중요시되는 경우도 적잖다. 그래서 감성보다는 합리적이고 냉철한 이성이 요구되는 것이다. 연애를 시작하는 그 어떤 연인들이 이러한 결혼의 엄격한 현실을 염두에 두겠는가. 조건 없이 금지된 사랑까지 할 수 있는 것이 연애이다.

이렇듯 연애와 결혼은 크게 차이가 있기에 연애를 하는 많은 사람이 결혼으로 맺어지지 못하는 것이다. 앞서 말했듯이 결혼은 가문과 가문의 일이기 때문에 둘만의 사랑 이상으로 중요한 게 바로 조건이다. 서로의 조건이 충족되어야만 양가 어른들의 축복 아래 결혼까지 무사히 갈 수 있다. 그렇다 보니 첫사랑의 연인과 결혼은 이루어지지 않는 것이 다반사다. 연인들은 전부 과거로 남는 게 아닌가? 이때 짚고 넘어가야 할 문제가 있다. 바로 연애에 실패하여 헌신짝처럼 버려졌으나 평생 안고 살아가야 할 과거의 문제이다. 우리나라 남자들은 여자의 과거에 유달리 민감하다 연애는 혼자 하는 것이 아님에도 불구하고 그것이 여자만의 과거로 남아야 하는가? 연애와 결혼을 따로 생각하기 힘든 이유도 바로 그것이다. 연애에 실패한 여자는 평생 죄스럽게 살아야 하기에 여자는 오히려 과거를 최대한 숨기고 현재의 사랑 이 마치 모든 것인 양 내숭을 떨어야 한다. 결국 우리나라는 자유로운 연애를 인정하지 않고 있어 다시 한 번 연애와 결혼에 대해 깊이 생각하는 슬기로운 지혜가 필요하다.

04

애정의 커뮤니케이션

사랑은 그냥 얻어지지 않고 각자가 날마다 노력해야 얻을 수 있다. "사랑은 아무나 하나"라는 시중의 유행가 가사처럼, 사랑은 하나의 기술로서 노력이 수반되는 구체적인 작업을 통해 얻을 수 있다. 그럼에도 불구하고 사랑은 배워 익힐 수 있는 게 운명처럼 주어지는 것이라는 견해가 널리 펴져 있다.

아무것도 하지 않는데 사랑의 씨앗이 그냥 내 몸 속으로 떨어져 꽃피우는 일은 없다. 능동적으로 움직여 열심히 가꾸어야 한다. 나무에 비유하면 가지도 쳐주고 영양분도 주어야 열매를 맺는 것과 같다. 사랑하는 이들은 원하는 열매를 맺기 위해 철저히 서로를 알아야 한다. 서로의 지식을 건네주고, 정보를 전달하고, 그 안에서 상대에게 갖는 기대를 찾아보고 조정해 가면서 진실한 사랑을 키워 가야 한다. 이 과정에서 연인들 사이의 사랑싸움이 일어나게 되는데, 서로의 생각과 감정이 잘 전달되는 사랑싸움은 사랑의 뿌리를 단단히 하는 지름길이 된다.

사랑받고 싶지만 표현하지 않는 그녀!

사실 그녀는 매우 사랑받고 싶어 한다. 그녀는 자라면서 별로 사랑을 받지 못했다고 생각하여 매사에 자신감이 부족했다. 남자친구에게 위안을 받고 서로의 이야기를 털어 놓으며 사랑을 키워가고 싶었다. 그런데 남자친

사랑은 언제나 머물러 있지 않으며
사랑을 유지하기 위해서는 끊임없는
탐색과 노력이 절실히 요구된다.

구는 관심이 없고 건성으로 듣는 편이었다. 그녀는 영화나 연주회를 좋아
하지만 데이트 시간, 장소도 항상 남자친구가 결정하는 편이다.

그러던 중 둘 사이에 의견이 달라 서로 대치상태에 있게 되었다. 그러면
서 자신은 남자친구와 사랑을 지키기 위해 되도록 참아가며 배려했지만 상
대는 그렇지 않은 것 같아 매우 마음이 괴로웠다. 자신이 남자친구와 다른
의견을 이야기하면 따분해지지 않을까 하는 두려움이 앞섰기 때문에 답답
한 가슴을 참고 지냈던 것이다. 그러나 결과적으로 참았던 상처가 한꺼번
에 표출되고 말았다.

사랑의 다툼에서 화해는 충분히 가능하고 언제든지 다시 시작할 수 있다. 그러나 똑같은 일이 반복되면 그 화해는 점차 신뢰를 잃게 된다. 새롭게 관계를 시작하기 위해 두 사람이 진정 이 관계를 유지해야겠다는 결심이 있는가의 여부를 확인하고 새롭게 사랑방식을 바꾸겠다고 변화를 시도하는 것이 필요하다. 그것은 서로에 대해 잘 이해하고 잘 싸우는 방법이라 볼 수 있다. 남녀 간의 사랑이 무르익으려면 우선 신뢰감 단계를 형성해야 한다. 서로 마음을 열고 우호적인 감정을 가져야 한다.

이 과정에서도 개인차가 있다. 쉽게 접촉할 수 있거나 친밀감을 형성하는 사람이 있는 반면 어떤 사람에게는 이것이 어렵게 느껴지기도 한다. 서로가 호감이 생기면 다음 단계로 넘어가게 된다. 서로가 좋은 감정을 가지면 두 사람은 좀 더 많은 시간을 함께 하고 서로 상호의존의 관계로 발전하게 되는데. 이 시기에는 감정뿐만 아니라 행동으로 의존이 이루어지며 어느 정도 상대에 대한 구속력을 갖는다. 그러나 이 시기에 의존성이 너무 높아 서로를 속박하는 정도가 강해지면 도리어 이것이 해가 되는 경우가 종종 있다.

사랑의 발달은 서로의 욕구를 인정하면서도 각자의 개성을 함께 발전시킬 때 달콤한 사랑의 열매를 얻게 된다. 사랑의 발달과정에서 가장 중요한 것은 신뢰감 형성 단계, 자기 표출단계, 상호의존 단계라 볼 수 있다. 결론적으로 사랑은 언제나 머물러 있지 않으며 사랑을 유지하기 위해서는 끊임없는 탐색과 노력이 절실히 요구된다.

05
사랑을 느끼는 계기

사랑이란 어느 날 갑자기 빨려드는 것이다. 길을 걷고 있다가 어떤 이유로 뚫려 있는 구멍에 우연히 쑥 빠지는 것과 같다. 자신의 의지라고 하기보다는 다분히 우연적인 요소가 많이 작용한다.

최근 미국에서 조명 받는 영화가 있다. 중년의 기혼남녀가 어느 크리스마스 밤 우연한 만남을 계기로 사랑에 빠진다. 그로 인해 두 사람은 모두 자신의 가정과 뿔뿔이 헤어져 버린다. 그러다가 몇 년 후에 또 다시 같은 장소에서 사랑을 되찾는 줄거리이다. 이 영화의 제목은 "Falling in love"이다. 'Falling'이란 구멍과 같은 곳에 빠진다는 뜻이므로 사랑의 진실을 다룬 영화라고 할 수 있다.

사랑은 자신의 의지로 '자 이제부터 사랑하자'라고 결심해서 거리에 나서자마자 슈퍼마켓 같은 곳에서 간단하게 살 수 있는 것이 아니다. 어느 날, 어느 시간, 어느 우연한 계기로 한 사람의 이성과 만나고 자신의 의지나 이성과는 별로 관계없이 사랑이 생겨나게 된다. 물론 이 쪽만 사랑에 빠지고 상대방은 전혀 눈치 채지 못하거나 혹은 무시되는 경우도 있지만 이른바 짝사랑이라고 불릴지라도 사랑에 빠진 쪽에서는 보면 다르다.

어쨌든 사랑은 늘 우연한 만남으로부터 시작된다. 처음에는 서로에게 아무런 감정도 없던 사이였지만 차츰 변해 가는 경우도 없지 않다. 그렇지만 아무런 감정도 없다가 사랑으로 변한 동기에는 반드시 무언가 있으므로 –

사랑은 언제나 머물러 있지 않으며
사랑을 유지하기 위해서는 끊임없는
탐색과 노력이 절실히 요구된다.

그것도 역시 우연이라 해도 좋겠지만 – 그런 의미에서 사랑은 다분히 숙명
적인 성질을 갖고 있다고 볼 수 있다.

　사랑은 빠지는 것이라고 말하지만, 원래 빠진다는 말은 그리 좋은 의미
로 사용되지 않는다. 사실 사랑에 빠지는 곳에 부드러운 것이 깔려 있어 기
분 좋고 행복 가득하게 빠져드는 경우만 있는 것이 아니기 때문이다. 괴로
운 번뇌의 나날이 계속되는 구멍이거나 수렁과 같이 아무리 발버둥 쳐도 빠
져나올 수 없기도 하다. 설령 빠져나온다 해도 깊은 상처를 입어 그 상처를

조승부 수필집

평생 짊어지고 가야 할 경우도 적지 않다. 이처럼 위험한 구멍도 많지만 이를 두려워하거나 귀찮게 생각하여 집안에서 틀어박혀 있어서는 결코 사랑의 기회를 영원히 얻을 수는 없다.

사랑은 빠지는 거라 하는데 정작 구멍은 어디에 뚫려 있을까? 그것은 예측하기 어렵다. 그런 의미에서 우연이라고 하지만 그렇지 않은 곳의 차이 정도는 예측할 수 있다. 왜냐하면 사랑의 구멍이 뚫려 있을 만한 장소는 대개 제한되어 있다.

결론적으로 우리가 사회생활을 함에 있어 일부러 그런 계기를 만들 수 있는 기회가 반드시 온다. 그러한 좋은 기회가 올 때 찬스를 놓치지 않고 실행에 옮기는 본인의 자세가 필요하다. 실행해야만 결과가 나오기 때문이다.

06

멋있는 배우자를 찾는 솔로의 지혜

"나는 이런 배우자를 원해요.", "나는 이런 사람은 싫어요."

세상을 내 기준대로 생각하면 놓치고 지나가는 것들이 많을 수밖에 없다. 대부분의 사람들은 인간을 말하라고 하면 자기 자신에 대해서 말하고, 세상을 말하라고 하면 자기 주변 이야기를 말하곤 한다. 어쩌면 당연한 일인지도 모른다. 자신에 대해서는 잘 모르면서 어찌 남을 알 수 있겠는가? 내가 사는 주변 이야기도 잘 모르면서 어찌 더 넓은 세상에 대해서 이러쿵저러쿵 말할 수 있겠는가? 그렇지만 마치 내가 아는 사람, 세상이 전부인 것처럼 생각하고 말하고 평가하는 것은 나와 남과 세상에 대한 이해와 폭을 상당히 좁히는 것이다.

상대방에 대한 배려, 입장 바꿔 생각하기 등은 성인군자에게나 해당되고, 시간이 남아도는 사람이나 하는 일이라며 무시하고 살고 있지는 않은가? 하지만 이 글을 읽고 있는 모든 솔로들은 지금부터 자기 생각을 접으라. 그리고 잠시 동안 배우자의 입장에서 생각해 보기로 하자.

"나는 이런 배우자를 원해요." "나는 이런 배우자는 싫어요." 이렇게 수없이 많은 이야기들을 늘어놓으면서 과연 내 배우자가 될 사람이 원하는 상대는 어떤 사람인지 궁금하지 않았는가? 이건 정말 중요한 문제이다.

사랑은 가만히 있는 자에 찾아오지 않는다. 발전도 없다. 보통 배우자를 구하지 못하는 사람, 예를 들어 주말이면 TV 앞에서 드러누워 재방송이나 보면서 스스로 애인이 생기길 기대하는 사람이나 밥만 먹으면 바로 자고 슈퍼마켓에 차를 타고 가면서 '언젠가 살이 빠져주겠지.' 하는 생각 또는 노력하지 않아도 '언젠가는 근사한 사람을 만나 결혼하겠지.' 하는 막연한 생각이 이루어질 수 있겠는가?

　사랑이란 화초라 생각하고 꾸준히 물과 영양소를 공급해야 아름다운 꽃을 피울 수 있는 것과 같다. 또한 그 과정에서 사랑을 진입로라 생각하고 상대방에게 배려하는 마음씨가 있어야만 아름다운 결실을 맺을 수 있다. '세상에 마음만 먹으면 안 되는 일이 없다'고 한다지만 마음을 먹어도 잘 안 되는 일이 결혼이다. 결론적으로 결혼은 마음만으로는 절대 안 되고 낙숫물이 바위를 뚫는 것처럼 발 벗고 뛰는 부단한 노력이 있어야만 결실의 대가가 주어진다. 그러므로 이러한 마음가짐을 가지는 자만이 행운의 여신을 맞이하게 될 것이다.

조승부 수필집

07

여자가 갖추어야 할 덕목

　여자가 남자와 교제하면서 상대방의 마음에 들게 하기 위해서는 어떻게 처신해야 하는가? 아침에 일어나자마자 먼지떨이를 들고 온 집안을 청소하느라 바쁜 여성보다는 침대 위에서 커튼을 열었을 때 아침의 밝은 햇살에 감탄사를 표현하며 눈을 감을 수 있는 여자, 아침신문을 같이 읽고 따뜻한 커피를 나누어 마실 수 있는 정서적인 여자가 바람직하다고 한다. 그리고 운전에 능숙하고, 남 앞에 자기를 과시하지 않고 다소곳하게 앉아있는 여자가 되어야 하며, 전화를 걸 때 자동응답 전화기를 사용하는 것도 하나의 예의라고 할 수 있다.

　그러나 화장을 지우면 얼굴이 영 딴판이 되는 여자는 아니다. 왠지 몸이 연약한 여성이 남자의 마음을 설레게 하지만 막상 여인의 입장으로선 어떨까? 여러 종류의 증세로 여자의 연약함을 내세우며 마치 그것이 자신의 섬세함을 나타내기라도 하는 듯 착각하고 있는 사람이 있다. 여성의 말 중에서 "무거운 것은 못 들어요. 달리는 것은 힘들어요. 전기제품 사용은 잘 몰라요." 하는 것은 남자의 입장에서 보면 결국 연약한 여자로 낙인찍히는 것이다. 그 이유는 잘 모르겠지만 늘 흐릿한 하늘처럼 생기 없는 여자는 남성들에게 단점으로 부각되어 싫증을 유발시킨다는 사실이다. 결론적으로 남자에게만 기대하는 여자로 보여서는 절대 안 된다.

　한편 남자는 여자의 어떤 점을 싫어할까? 먼저 상대가 보이지 않는 상황

침대 위에서 커튼을 열었을 때
아침의 밝은 햇살에 감탄사를 표현하며
눈을 감을 수 있는 여자,
아침신문을 같이 읽고
따뜻한 커피를 나누어 마실 수 있는
정서적인 여자가 바람직하다고 한다

140

이라고 가차 없이 적의를 드러내는 여성이나 평소 쌓이고 쌓인 감정을 엉뚱한 곳으로 드러내는 여성의 모습은 좋지 않다. 자신이 싫어하는 사람이 화제가 되어 말이 나오는 대로 지껄이는 사람을 보면 그다지 좋은 기분이 되지 않는다. 그렇게 생각하는 것으로 자신이 그보다 좋은 사람인 척하는 것일지도 모르고, 자신이 어딘가에서 이런 식으로 언급될지 모른다는 무의식적인 행동일지도 모른다. 어쨌든 험담이란 남을 상처 입히는 결과를 낳게 된다.

'여성은 약간 그래도 괜찮다'는 생각도 매우 위험한 관점이다. 적어도 자신이 좋아하는 여자만큼은 이러지 않았으면 하는 바람을 남자라면 모두 무의식중에 갖고 있다. 그런데 문제는 이성의 험담을 하는 것은 그래도 이해할 수 있으나, 더욱 괴로운 것은 동성에 대한 험담이 시작되었을 때이다. 이런 경우는 대체적으로 질투심이 섞여 있는 예가 많다. 상대를 깎아 내림으로써 자신과 동등해지니 자신이 낫다는 것을 보이기 위해서 이야기의 내용이 졸렬해지기 쉽다. 결론적으로 여성은 약간 수줍어하거나 다소곳한 여성미가 풍겨야 남성의 선택권에 들 수 있다고 한다.

08

사랑하는 연인의 선택 과정

우리는 일생 동안 살면서 수많은 이성을 만난다. 하지만 결국 그 중에 단 한 사람을 결혼 대상자로 선정하게 된다. 유명한 심리학자의 말에 의하면, 우리가 만난 수많은 사람 가운데 대체로 다음과 같은 과정을 통과해야만 비로소 연인으로서 완전대상이 된다고 한다.

첫 번째는 근접성의 과정이다.

모든 대상 가운데 나와 지리적으로 가깝고, 실제로 자주 만날 수 있는 사람들이 나와 인연을 맺을 수 있는 가능성이 크다는 뜻이다. 예를 들면, 서울에 사는 사람은 멀리 떨어진 시골이나 대구에 사는 사람보다 인근에 사는 사람과 결혼할 확률이 훨씬 높다.

두 번째는 매력 포인트이다.

서로에게 매력을 느끼고 호감이 가는 사람들도 인연의 범위가 좁혀진다는 뜻이다. 매력을 느끼는 요인은 저마다 다르지만 대체로 외모, 따뜻한 성품, 뛰어난 능력 등을 선호한다. 이는 우리가 취업을 할 때에 반드시 통과해야 하는 서류전형과 같다.

세 번째는 사회적 배경이다.

인종, 연령, 직업, 종교, 교육수준, 사회계층 등이 비슷한 사람들끼리 인연이 맺어질 가능성이 크다는 뜻이다. 즉 서로가 가진 조건이 맞아야 한다.

혹시 지금 내 옆에 사랑하는 사람이 있다면
그 사람을 꼭 안아보자. 험난한 과정을 통과하고
내 마음에 안착해야 할 사람이기 때문이다.

이때 조건차이가 크면 상대적으로 좋은 조건을 가진 사람이 그렇지 않은 사람보다 손해 본다고 생각할 수 있다. 이 세 번째 과정까지 통과해야 본격적으로 교제가 시작된다.

　네 번째 단계는 상호의견 일치의 여과망이다.
　서로의 인생관이 유사해야 한다. 정치, 경제, 사회문화 등에서의 과정뿐만 아니라 어떨 때 웃음이 나고 화가 나는지도 비슷해야 한다. 상호의견 합

치기가 쉽게 이루어지면 두 사람이 훗날 결혼할 가능성이 높다. 한편 외적 기준을 중심으로 인연이 될 사람을 선택하는 앞의 세 단계와는 달리 네 번째 단계에서는 내면적인 탐색이 시작된다. 내면은 심도 있는 만남을 통해 점검된다.

다섯 번째 단계는 상호보완성의 여과망이다.

서로의 욕구를 충족시키고 상대방이 나의 단점을 보완해 줄 때 결혼을 결심하게 된다. 어떤 사람은 이 보완성을 '사랑의 다른 이름'이라고 말하기도 한다. 자신의 욕구를 희생하는 한이 있더라도 상대의 욕구를 충족시키려고 노력하기 때문이다.

여섯 번째 단계는 결혼 준비 상태의 과정이다.

다섯 개의 과정을 전부 통과했다 하더라도 여러 가지 현실적인 이유로 결혼하기 어렵다면 결혼은 성사될 수 없다. 물론 사랑의 종착지가 무조건 결혼인 것은 아니다. 그렇지만 누군가를 사랑하게 되면 '이 사람과 결혼하면 어떨까?' 하는 생각을 자연스럽게 하게 된다.

하지만 이상 여섯 가지의 과정을 전부 통과하기는 어려운 일이다. 혹시 지금 내 옆에 사랑하는 사람이 있다면 그 사람을 꼭 안아보자. 험난한 과정을 통과하고 내 마음에 안착해야 할 사람이기 때문이다. 서로의 익숙함에 길들여져서 서로를 잊지 말아야 할 것이다.

09

연애와 이별의 과정

　사랑하는 사람을 만나기는 참 어렵다. 하지만 그렇게 만난 사람과 헤어지는 것도 어렵다. 왜냐하면 서로가 상처를 받고 헤어져야 하기 때문이다. 서로의 만남은 연애에 무게를 두는 경향이 있다. 연애는 열렬히 온 기력을 다하여 이 사람을 사랑하는 것이 아니라, 이 사람을 사랑할 것인지 아닌지 알아가는 과정이라고 보는 것이 좋다.

　그렇다면 사랑이라는 것은 도대체 무엇일까? 사랑이란 그 사람의 짐을 나의 어깨에 함께 지는 것이다. 나와 어울리는지, 나와 성향이 잘 맞는지도 중요하지만 이 사람과 함께 짐을 질 각오와 감정이 있는지는 더욱 중요하다.

　연애는 모든 것을 알아가는 과정이다. 사랑은 하는 것 같은데 결혼은 망설여진다거나, 상대가 나의 짐을 나누어 질 생각이 없고 또한 자기도 그의 짐을 나누어 질 의지가 부족하면 예의를 갖춰 '나는 당신의 짐을 질 의사나 감정이 아직 없습니다.'라고 말해야 한다.

　짐을 함께 나누어 지지 않으면 사랑을 지속하기 어렵다. 사람들은 흔히 '이 사람 나랑 안 맞아.'라고 이야기하는데 나와 안 맞는 것이 아니라 나와 맞지 않는 그 부분을 나누어 질 의지가 지금 내게는 없는 것이다. 그것은 나쁜 것이 아니다. 그것은 온전히 자신의 선택이며 좋은 선택을 하기 위해서 연애는 모든 것을 알아가는 과정이다.
사랑은 하는 것 같은데 결혼은 망설여진다거나,
상대가 나의 짐을 나누어 질 생각이 없고
또한 자기도 그의 짐을 나누어 질 의지가 부족하면
예의를 갖춰 '나는 당신의 짐을 질 의사나
감정이 아직 없습니다.'라고 말해야 한다.

많은 사람을 만나봐야 하는 이유이기도 하다.

그러나 만나서 헤어졌다고 해서, 여러 번 이별했다고 해서 나의 가치가 떨어졌다거나 내 영혼에 상처가 났다고 생각해서는 안 된다. 그것은 인간이 삶을 살아가는 과정이다. 이별했다고, 이혼했다고, 파혼했다고 자신에게 문제가 있다고 생각해서는 더욱 안 될 것이다.

많은 사람들이 연인에게 사랑을 받으려 하고 버림받지 않으려고 한다. 하지만 사랑은 받는 것도 주는 것도 아니다. '사랑하고 싶다, 사랑을 준다, 심지어 사랑을 베푼다'는 말까지 있다. 사랑은 하는 것이다.

사랑은 주체적인 인간으로서 내가 가치를 느끼는 것에 마음과 에너지를 쓰는 것이다. 사랑의 주체는 나 자신이다. 내가 어떤 사람을 알아보고 만나보는 것이다. 헤어질 때는 현 상태를 인정하고 예의를 갖춰 이별할 수 있어야 한다. 그 과정을 통해 스스로 건강하게 바로 설 수 있다. 그런데 많은 이들이 결핍을 채우기 위해 사랑을 받거나 사랑을 주려고 한다. 외롭다고 해서, 내 안의 어딘가 비어 있다고 해서 성급하게 사람을 만나지 말고 혼자 있어도 괜찮을 때 사랑을 해야 한다. 그리고 그의 짐을 나누어 질 마음과 의지가 생기지 않으면 그럴 때는 건강하게 서로가 헤어지는 것이 좋다. 비록 마음의 상처를 받아서 타격을 받더라도 그것이 사랑의 결실을 맺는 일이라고 본다.

10
싱글로 변하는 사회

　사회가 빠르게 변화하면서 우리의 결혼 풍속도 새로운 양상을 띠게 되었다. 지난 번 발표된 바 모 결혼회사가 실시한 설문통계자료에 의하면 우리나라의 결혼 적령기에 있는 설문 대상자인 남녀 비혼자 중 대략 14% 정도가 싱글로 지내고 있음이 밝혀졌다.

　예로부터 결혼은 인간이 세상에 태어나서 치르는 일 중에 가장 큰 통과의례였다. 흔히 결혼이라고 하면 중요하고 엄숙함을 뜻하여 왔으나, 근래에 와서는 결혼의 전통적인 의미가 축소되어 결혼은 해도, 하지 않아도 별 문제가 없는 것이라는 생각이 늘고 있는 추세이다. 이러한 현상은 사회적으로 볼 때 결혼의 의미가 희석되고 있어 가족관계 구성에도 나쁜 영향을 끼치는 바람직하지 못한 현상이 아닐 수 없다.

　싱글로 남아 있는 것은 현재 결혼하겠다는 의지가 거의 없다는 것이다. 점점 나이를 먹을수록 배우자 선택의 폭이 좁아짐으로 인해 나중에는 혼인의 시기를 놓치게 되어 결국 평생 동안 독신자로 살 가능성이 높아지게 된다. 이러한 원인을 크게 몇 가지로 나열해 볼 수 있다.

　첫째, 현대사회에 접어들면서 결혼 적령기 남녀 대부분은 직업을 가지게 되어 경제적으로 안정된 생활을 하고 있으며, 특히 여성의 사회적 성장과 진출이 괄목할 정도로 성장하였기 때문이라고 볼 수 있다.

우리 사회의 구성원 모두가 이번 기회를 통하여
과연 어떠한 것이 결혼에 대한 올바른 가치관인지에 대해
진지하게 생각하고 재조명할 수 있는 기회가 되기를 바랄 뿐이다

둘째, 자신의 직업에 대해 성취하는 욕구가 커져 그 분야에서 열심히 일에 몰두하다 보면 결혼을 하겠다는 생각이 적어져 그 시기를 놓치는 경우가 허다하기 때문이다.

셋째, 평소 시간적 여유가 있으면 취미생활을 하거나 레저를 즐기기에는 싱글이 훨씬 유리한 측면이 많아 결혼이라는 현실을 피하고 싶어 하는 욕구 때문이다.

넷째, 현대 주거생활 환경의 발달로 인하여 독신 생활에 전혀 지장을 받지 않을 뿐만이 아니라 오히려 생활의 복잡함과 번거로움을 피하여 혼자만의 독립적인 생활공간을 가질 수 있다는 사회적인 추세도 한몫한다고 볼 수 있다.

이와 같이 결혼적령기의 남녀가 짝을 이루지 않고 싱글로 살아가는 현상은 사회가 발전하고 변화될수록 급속히 번지고 있다. 지금까지 이어져 내려오던 대가족 제도가 차츰 허물어지고 핵가족으로 변화하다가 근래에 와서는 그것마저도 변화하여 싱글로 되어가는 추세에 접어들고 있다. 나중에 언젠가는 가족 해체라는 위기까지 올지 모르는 상황이라 할 수 있다. 나아가 사회의 근간이 되는 가족이라는 기본적 단위의 형성에 부정적인 요인으로 작용하여 올바른 결혼문화의 정착을 저해하는 부정적인 영향이 발생한다고도 볼 수 있다.

이와 같은 결혼문화의 새로운 양상은 현대사회의 급속한 발전으로 불가피하게 나타나는 현상이라고 할 수 있다. 그러나 우리 사회의 구성원 모두가 이번 기회를 통하여 과연 어떠한 것이 결혼에 대한 올바른 가치관인지에 대해 진지하게 생각하고 재조명할 수 있는 기회가 되기를 바랄 뿐이다.

11

노인결혼

인간은 세상에 태어나서 성장과정을 거쳐 성인이 되면 자기에게 맞는 배우자를 선택하여 결혼을 하게 된다. 이러한 결혼은 사회의 기초단위인 가정을 이루고, 또한 자식을 낳아 기르면서 생을 영위해 나가는 일련의 과정이라고 볼 수 있다. 그러나 자식은 어느 정도 나이를 먹고 성장하면 보통 부모의 곁을 떠나게 되기 마련이다. 특히 정보화시대로 급속하게 변화한 현대 사회에서는 그러한 현상이 더욱 심화되면서 핵가족 제도가 자리 잡게 되었다.

이러한 사회변화와 맞물려 노인인구가 대폭 증가하면서 노인문제가 사회문제로 대두되었는데 정부와 가정이 이에 효율적으로 대처하지 못함으로써 노인들은 소외된 계층으로 자리 매김을 하게 되었다. 이러한 이유로 우리 주위에서는 노인들만 생활하는 가정이 점차 증가하고 있는 추세이다. 일부는 젊었을 때부터 혼자된 경우도 있고, 노부부만 생활하는 가정도 있는데 이 중 한 쪽을 잃는 경우에 남은 쪽은 일찍 혼자된 경우와 마찬가지로 여생을 혼자 외롭게 보내게 된다.

인간은 세상에 태어난 후 생애주기는 보통 유년기, 장년기, 노년기로 구분된다. 종착역으로 향하는 열차에 비유되는 노년기의 삶은 전(全) 생애 가운데 마지막을 마감하는 시기이다. 그러므로 노년기의 삶은 지금까지 살아온 생을 되돌아보고 남은 생애를 잘 마무리할 수 있도록 준비하는 가장 중요하고 엄숙한 시기라 볼 수 있다.

노년기의 생활은 정신적으로, 육체적으로 여러 가지 장애적 요인이 나타
날 수 있는 어려운 시기이다. 그러므로 나이가 들수록 누군가 옆에서 의지
해주며 보살펴 주는 반려자가 필요한 때인 것이다. 지난 번 매스컴 발표에
의한 의학적 보고서에 밝혀진 바에 의하면, 혼자 사는 것보다 부부로 가정
을 이루며 사는 사람이 약 19년은 더 장수한다는 통계가 있었다. 이는 곧
인간이 생을 마감하는 순간까지도 혼자 사는 것이 아니라 부부로 결합해 살
아야 한다는 자연의 이치를 말해주고 있다 해도 과언이 아니다. 이는 노인
부부 생활이 노인의 건강복지 및 장수와 상당한 관계가 있음을 말해준다.

또한 통계청 발표에 의하면 노령인구의 48%가 혼자 산다고 한다. 실제
로 대부분 혼자된 노인들은 재혼하고 싶은 생각은 많이 갖고 있으나 현실적
으로 이루어지는 경우가 많지 않으므로 실버결혼에 대해 올바른 사회적 인
식과 이를 실질적으로 뒷받침해줄 수 있는 정부의 대책과 방안이 절실하게
요구되는 실정이다.

현실적으로 노인들의 재혼은 여러 가지 문제점과 걸림돌로 인해 이루어
지기 어려운데 그 이유에 대해 살펴보면 다음과 같다.

첫째, 대부분 노인들은 자녀들의 성장기 동안 경제적 지출이 많았기 때
문에 당장 재혼에 대해 필요한 최소한의 경제적 요인도 충당하기 어려운 실
정이다.

둘째, 경제적 부를 이루어 재산을 형성한 경우에는 자녀들의 재산 상속에 따른 문제로 부모의 재혼을 탐탁지 않게 생각하는 경우가 많기 때문이다.

셋째, 이전부터 내려오고 있는바 노년기의 결혼에 대한 부정적인 측면이 혹시 친지나 이웃으로부터 좋지 않게 보이지 않을까 하는 의구심 때문이다.

넷째, 노인결혼에 대한 올바른 사회적인 인식의 부족과 이를 뒷받침해줄 수 있는 정부차원의 지원 체제나 프로그램의 미비 등을 들 수 있다.

이를 위한 효율적인 방안으로 현재 실시되고 있는 연령별 정년 퇴직제를 더 보완하여, 노인이지만 능력에 따라 일할 수 있는 제도를 적극적으로 마련하여 주고, 노인이 일할 수 있는 일자리를 늘려 생활에 필요한 기반을 마련하여 주며, 올바른 노인 결혼 문화를 더욱 발전시키기 위한 가치관과 구체적 프로그램이 요구된다. 또한 전문화에 필요한 지원 체제의 구성 등 노인결혼을 향상시키기 위한 제반의 노력이 뒷받침되어야 한다.

12

우리 사회의 결혼 풍속도

우리나라는 예로부터 양반과 평민이 완연히 구분되는 신분사회를 구성하고 있었기에 끼리끼리 결혼하는 것이 정례화되어 있었다. 따라서 당시에는 본인의 의지대로 결혼할 수는 없었으며, 양반과 평민의 결혼 풍습 또한 따로 있었다. 그래서 평민이 좀 더 나은 결혼을 하고 싶으면 본인이 과거라는 시험을 보아 합격하든지 나라에 혁혁한 공을 세워 국가에서 인정을 받든지 하여 신분이 상승되어야만 좋은 조건으로 결혼을 할 수 있었다. 일반 평민은 이러한 과정을 거치지 않는 한 양반과의 결혼을 상상조차 할 수 없다. 이것이 예로부터 현대 사회가 시작되기 전까지 전래되어왔던 실정이다.

이후 우리 사회는 과도기를 거쳐 지금에 이르렀는데, 그 양상을 검토하여 보면 눈에 보이지는 않지만 계층간 결혼을 하는 것과 다름없음을 엿볼 수 있다. 예를 들면, 학벌이 높은 사람은 높은 사람끼리 낮은 사람은 낮은 사람끼리 결혼이 이루어지고, 경제적으로 부유한 사람은 부유한 사람끼리 결혼을 하고 있다. 한편 현대에서는 특별히 남자의 직업에 우선순위를 두어 전문직 종사자가 제일 순위에 꼽히고 있는 실정이다. 이에 딸을 가진 자로서 여유가 있는 집안은, 사람의 인품은 도외시하고 직업에 현혹되어 사윗감을 선택하는 좋지 않은 풍조가 우리 사회에 만연되어 있다. 그래서 항간에는 '열쇠는 몇 개 준비했으며, 아파트는 몇 평이고, 지참금은 얼마인가?'라고 묻는다고 한다. 이 중 아주 특수한 경우는 딸 가진 부잣집에서 백지수표를 주겠다고 하는 경우도 있다고 한다.

우리 사회가 앞으로 지향해야 하는 결혼문화는
외적인 요소보다 내적인 요소,
즉 상대방의 심성에 주안점을 두는 방향으로 발전시켜 나가고,
앞으로 결혼의 좋은 풍습을 만들어 새로운 결혼의 장이 펼쳐지도록
다시 한 번 생각할 기회가 되었으면 한다

또한 이러한 사회적 분위기에 편승하여 결혼 중매에 종사하는 일부 사람들은, 남자가 전문직일 경우 그 사람이 시험에 합격하고 교육을 마치고 직장에 배치되면 몰래 그 인적 사항을 입수하여 명단을 작성하고 상대방 부모에게 연락하고 상호간 온갖 좋은 조건을 제시하면서 중매를 성사시키려고 애쓴다. 이에 그 전문직 신랑 후보자 부모는 하루 종일 전화를 받느라고 곤욕을 치르고 있으며, 그 조건에는 신랑 될 후보자 당사자는 물론 그 가족까지도 경제적으로 도와주겠다는 조건을 제시하기도 한다고 한다. 이러한 행동은 결혼이 인생의 가장 중요한 일이라는 것을 망각하고, 그 의미를 왜곡시키는 행동이 아닐 수 없다.

155

한편 이렇게 이루어지는 행위에는 반드시 후유증이 나타나기 마련이라서 일부는 끝내 결혼을 하지 못하고 파국을 맞이하는 경우도 종종 있다. 이것은 이른바 '잘못된 만남'이라 볼 수 있다. 두 당사자의 뜻이 맞고 생활방식이 비슷해야 결혼의 진정한 의미를 찾을 수 있으며, 그렇게 될 때 이 가정은 오래 지속될 수 있는 것이다. 결혼의 참뜻은 외적 조건도 중요하지만 더 중요한 것은 깊이 간직한 마음씨와 성격을 공유해야만 결실을 맺을 수 있다는 것이다.

아무쪼록 우리 사회가 앞으로 지향해야 하는 결혼문화는 외적인 요소보다 내적인 요소, 즉 상대방의 심성에 주안점을 두는 방향으로 발전시켜 나가고, 앞으로 결혼의 좋은 풍습을 만들어 새로운 결혼의 장이 펼쳐지도록 다시 한 번 생각할 기회가 되었으면 한다.

13

결혼체질과 독신체질

　여자들은 한 달에 몇 번씩 마음이 오락가락한다. '시집이나 가라'는 부모님의 성화에 날마다 달달 볶이는 '나' 자신을 보면 더욱 그렇다. 그렇다면 난 결혼이 어울릴까?

　먼저 결혼체질을 가진 사람들의 성향에 대해 생각해 보자.

　첫째, 사랑과 정서에 대한 욕구가 강한가? 사랑하는 사람과 같이 지내면서 사랑을 실현하고 싶고, 그 과정에서 생의 동반자로서 서로를 이해해주고 감정적인 뒷받침을 하면서 정서적으로 안정되고 싶은 사람은 독신으로 있기보다 결혼하는 것이 맞다.

　둘째, 애정표현에 대한 욕구가 강한가? 독신으로 살더라도 애정관계를 충족시킬 수 있지만 그 대상을 찾을 능력이 없다면 곤란하다. 그러나 결혼은 애정표현을 합법적으로 충족시킬 수 있는 제도이다. 만일 결혼하고서 서로의 애정표현을 이유 없이 거부하면 이혼의 사유가 된다. 특히 한 사람하고만 관계를 맺어야 한다고 생각하는 사람에게는 결혼이 가장 적합한 제도임에 틀림없다.

　셋째, 자녀에 대한 욕심이 많은 사람들이 있다. 자녀에게 사랑을 표현하고 그들에게서 존재를 확인하고 싶어 하거나 아니면 자녀를 낳아 종족을 계승하고 싶은 사람은 필히 결혼을 해야 한다.

　넷째, 경제적 안정을 원하는가? 보편적으로 결혼을 함으로써 남편은 경제적 부양을, 아내는 가사를 담당하며 경제적 협력이 가능하다. 요즘 배우자 선정 과정에서 직업을 가진 여성과 안정된 직장을 가지고 있는 남성이 인기 있는 이유도 결혼이 가지고 있는 경제적 안정의 특성 때문이다.

다섯째, 성인이 되고 싶은 욕구가 강한가? 우리 사회에서는 결혼한 사람만을 성인으로 대접해주는 경향이 강하다. 성인으로 대접받고 싶은 사람은 결혼하는 것이 더 낫다.

이상과 같은 사람들의 성향을 결혼체질이라 할 수 있다.

다음은 독신체질이다.

첫째, 자아발전에 대한 욕구가 강한가? 일이나 여가를 통해서 자기를 발전시키고자 하는 욕구가 강한 사람들은 독신으로 사는 것이 더 낫다. 이러한 욕구가 강한 사람들이 결혼을 하게 되면 가족 생활에 대한 여러 가지 역할 수행이 자아 발전에 걸림돌로 작용할 수 있다.

둘째, 자기 충족 욕구가 강한가? 자기 충족 욕구가 강한 사람들이 있다. 다른 사람들을 위하여 희생하는 것보다는 자신의 욕구를 충족시키는 데 지대한 관심이 있는 사람들은 결혼하기보다 독신으로 사는 것이 낫다. 왜냐하면 인간의 에너지는 한정되어 있기 때문에 결혼생활에 신경을 쓰다 보면 자신의 욕구를 충족시키는 데 에너지를 더 쓰게 되고 그 결과 욕구 충족이 원하는 것만큼 되지 않아 만족스럽지 못한 삶을 살 가능성이 높기 때문이다.

셋째, 한 곳에 정착해 살기보다는 여러 곳을 돌아다니며 살기를 좋아하는가? 방랑벽에 대한 욕구가 강한 사람들에게 결혼은 필요치 않다고 본다. 이들에게 결혼이라는 것은 옴짝달싹도 못하게 하는 올가미와 똑같다. 방랑벽은 결혼해서 같이 사는 식구들에게도 여러 가지 피해를 주므로 이 욕구가 강한 사람이라면 본인을 위해서나 가족을 위해서나 혼자 사는 것이 좋다.

넷째, 직업 경력상의 기회에 지대한 관심을 가지고 있는가? 실제로 여성이 결혼을 하게 되면 직장에서 도약할 기회가 있다 하더라도 그 기회를 포착하지 못하고 놓칠 가능성이 크다. 그러나 독신일 경우에는 책임져야 할 일이 적기 때문에 아무래도 도전하기가 수월하다.

다섯째, 자유로운 애정관계를 원하는가? 결혼을 하게 되면 애정표현을 할 수 있는 경우가 배우자 한 사람만으로 국한된다. 그러므로 자유로운 애정관계를 원한다면 독신을 유지하는 것이 한결 좋다고 본다.

삶이란 것이 마냥 장밋빛이라면 얼마나 좋을까? 남녀가 짝을 이루어 살고, 그렇게 사는 것이 궁극적인 행복이라고는 말할 수 없다. 결론적으로 결혼을 하든 독신으로 살든 자기인생은 자기가 산다는 점이다. 결혼과 독신은 독특한 점이 있어 이번 기회에 다시 한 번 자기를 점검하고 깊이 성찰해 보는 것도 좋다고 본다.

14

중매결혼에서 남자가 성공하는 법

사람이 태어나서 일정한 성장기를 거쳐 완전한 성인이 되어 사회적 활동을 시작할 때쯤 인생의 중대사인 결혼이라는 관문을 통과한다. 결혼에는 연애결혼과 중매결혼이 있다. 둘 다 나름대로 장단점을 갖고 있는데 여기에서는 중매결혼에 대해서 이야기하려고 한다.

중매결혼에서는, 먼저 서로를 만나기 위해 이들을 연결시켜주는 사람이 있는데 이는 평소 잘 아는 지인이나 친척, 친구 등이다. 한편 요즘은 결혼정보업체도 상당히 큰 역할을 하고 있다. 이때 중매자는 두 사람의 신상 정보를 각자에게 알려주는데 대략 그 내용은 인물, 신체조건, 학벌, 직장, 가정환경, 종교 등이다. 결혼할 당사자는 오직 대략적인 정보만 알고 구체적인 것은 잘 모르므로 상당히 궁금할 뿐이다.

그 다음 중매자가 날짜와 시간을 정하여 처음 만남이 이루어지게 된다. 일반적으로 처음 사람을 대할 때 호감 또는 비호감을 느끼게 되는데 이때에 각자가 느끼는 정도가 중매결혼 성공의 절반을 차지할 정도로 비중이 크다.

다음 순서는 서로 인사를 나누고 서로 얘기를 나누게 되는데 이때 만나기 전 서로 갖추어야 할 사항이 있다. 선을 보러 나갈 때는 누가 보더라도 정말 핸섬하고 멋있다고 할 정도로 꾸미고 나가야 한다.

다음은 만나서는 무슨 말을 어떻게 하고, 어떠한 식사를 하며, 나중에 헤어질 때는 어떠한 말을 해야 하는지 하는 세부적 계획까지 갖고 나가야 한다. 일반적으로 남자는 그 과정을 리드하고 끌고 나가야 되는데, 미리 준비가 되지 않았으면 그렇지 않아도 처음 만난 자리에 서로가 어색한데 끝까지

"오늘 만나서 즐거운 시간을 가졌습니다.
혹시 다음 주 시간이 나면 제가 뮤지컬 입장권을 갖고 있는데
같이 관람할 수 있을까요?"
상대가 자신을 좋아하면 흔쾌히 응할 것이다.

좋은 분위기를 유지하기는 어렵다.

대화할 때는 진실함과 성의 있는 태도를 보여야 하며, 상대가 얘기를 할 때는 경청하고 때에 따라서는 상대방의 말에 동의하고 맞장구를 치면 서로의 의견이 접근하게 되고 공감대를 형성하게 된다.

우리 사회에서 예로부터 내려오는 풍습에 의하면, 처음 만나는 날 식사를 하면 결혼이 성사되지 않는다는 속설이 있다. 그러나 이러한 속설에 개의치 말고 상대가 원한다면 식사 제의를 하고, 같이 식사를 하게 된다면 더

욱 친숙한 느낌을 갖게 된다. 이때 상대에게 어떤 메뉴, 예컨대 한식·일식·중식 가운데 어떤 것을 원하는지 물어보고 상대가 원하는 음식점 중 조용하고 분위기 좋은 곳을 택하여 식사를 한다. 음식 메뉴를 선택할 때는 먼저 상대에게 메뉴를 택하게 하고, 상대가 고른 메뉴가 자신이 별로라고 느끼는 메뉴일지라도 상대와 같은 음식 메뉴를 택하면 서로가 동질성을 갖게 하여 상대로부터 더 호감을 얻게 된다.

이렇게 식사가 끝난 후 어느 정도 얘기를 나누고 나면 헤어질 시간이 되는데 이때 자신이 상대방의 마음에 드는지 도저히 알 수 없다. 이때가 가장 중요한 시기이다. 다음에 만날 약속을 할 때 상대가 동의를 하면 계속 교제가 이어지고 만날 약속이 없으면 그날 만남은 성공이 아니라고 본다. 그런데 상대가 좋아하는지는 대화 속에서 느낄 수는 있으나 정확하지는 않다. 이처럼 상대 앞에서 자기가 마음에 있는지 없는지를 알 수가 없어 난감하다.

만약 상대가 좋아서 계속 교제를 하고 싶다면 말 몇 마디로 상대의 의사를 알 수가 있다. 다음과 같이 물어보면 된다. "오늘 만나서 즐거운 시간을 가졌습니다. 혹시 다음 주 시간이 나면 제가 뮤지컬 입장권을 갖고 있는데 같이 관람할 수 있을까요?" 상대가 자신을 좋아하면 흔쾌히 응할 것이다. 그러나 가지 못하는 이유가 다른 중대한 약속이 있다고 말하면, 다시 "다음 주에 시간이 날까요?" 하고 묻는다. 이때 가능하다고 하면 성사된 것이고 그것마저 거절하면 성립이 되지 못한 것으로 보인다. 이상과 같은 내용을 미리 알면 미팅에 도움이 될 수 있다.

15

사랑 성공을 위해 남자가 할 일

(1) 여자를 구속하라.

완전히 여자를 묶어두라는 이야기가 아니다. 어느 정도의 구속은 여자에게 안정과 평안함을 느끼게 해 준다는 것이다. 여자는 모든 순간마다 의견을 묻는 남자에게 언제까지나 친절함을 느끼지 않는다. 구속은 싫다고 이야기하지만 여자는 가끔 남자가 강인한 팔뚝으로 자신을 묶어두길 원한다. 어느 가수의 노래처럼 남자가 자신을 아름다운 마음으로 구속해주기를 원하는 것이다. 너무 자유롭게 내버려두지 말자. 어느 정도의 구속은 여자가 '난 이 남자의 품에 있는 거구나' 하는 생각을 하도록 한다.

(2) 첫사랑은 그냥 저 깊이 묻어두자.

남자들은 첫사랑을 절대 잊지 못한다고들 한다. 그래서 지금의 그녀를 첫사랑과 비교하게 되는 것 같다. 소중한 것은 가슴에 묻어주는 것이 아름답다. 어렵겠지만 지난 사랑은 묻어두고 다가올 사랑을 첫사랑으로 받아들일 준비를 하자.

(3) 사랑하는 여자의 주변인과 친해지자.

남자가 사랑하는 것이 오직 그 여자에 관한 것뿐이라면 그건 편협한 것이다. 사랑은 여자의 주변, 여자의 지난날들을 모두 받아들이고 조화를 느끼고 싶게 만드는 신비한 힘이기도 하다. 그녀의 가족과 그녀의 친구 누구를 만나더라도 즐겁게 이야기할 수 있는 능력을 길러야 한다. 주위의 시선에도 신경을 많이 씀으로 인해 그녀의 주위 사람들에게 인정을 받으면 그녀는 반드시 당신을 완전히 인정하게 될 것이다.

(4) 남자도 꾸며야 한다.

혹시 남자는 조금 부스스하거나 깨끗하지 않아도 된다는 생각을 하고 있지는 않는가? 요즘 여자들은 깨끗하고 단정한 남자를 좋아한다. 언제나 단정하고 깨끗한 모습을 보이는 것이 중요하다.

(5) 쇼핑을 하는 여자와 어디라도 가줄 수 있는 관대함이 필요하다.

여자는 물건 하나를 사더라도 남자의 마음에 들기를 원한다. 그러므로 처음 쇼핑 때부터 그런 여자의 마음을 이해하고 자신의 의견을 피력해주면서 따라다녀 준다. 비록 그것이 쓸데없는 짓이라는 생각이 들어도 남자가 자신을 보아주는 행동 한 가지, 말 한 마디에 마음이 따뜻해지게 되므로 조금 지루해도 여자의 쇼핑을 같이 하는 것이 좋은 방법이다.

(6) 집에 들어간 후 한 통의 안부 전화가 사랑을 확인시켜준다.

헤어지고 난 후 집에 들어가서 다시 한 번 전화를 하자. 헤어짐의 여운이 가시기도 전에 '잘 들어갔냐?'는 안부전화 한 통은 여자의 마음을 따뜻하게 한다. 헤어지고 난 후 반드시 안부전화를 하되 너무 길어지면 여운이 없어져버린다.

(7) 같은 취미를 공유하라.

사랑한다면 같은 취미를 가지고 그것을 공유하는 것이 사랑을 지속시키는 방법이 된다. 여자 친구가 좋아하는 것이 자신은 너무 싫을지라도 그것을 인정해주고 같이 배려해주는 자세가 필요하다. 나는 그게 싫다고 자신의 취미만을 강요한다면 그 사랑은 절대 오래갈 수 없다.

이상과 같이 나열한 항목을 점검하는 것이 앞으로의 인생을 같이 개척해나갈 두 사람의 관계를 돈독히 하고 좋은 결실을 맺게 된다 하겠다.

16

자녀의 올바른 교육

최근에 와서 우리 인간은 평균수명이 늘어서 남자는 83세, 여자는 86세까지라 한다. 이에 거의 100세까지 장수하는 사람도 자주 볼 수 있다. 그런데 그 일생의 3분의 1 정도는 교육으로 이루어진다. 일반적으로 교육이라하면 유치원에서 대학 과정까지를 들 수 있는데, 그 과정을 유효적절하게 보냈는지에 따라 인생의 성패가 결정된다고 해도 과언이 아니다.

교육은 크게 인성 교육과 지적 교육으로 구분하는데 현재 우리 사회에서는 인성 교육보다 지적 교육에 치중하고 있다. 그래서 지적 교육은 그 수요가 많은 데 비해 인성 교육은 다소 소홀하게 다루고 있다.

인성 교육은 학령기에 들어 학교에 입학하면 시작되는 것으로 인식되고 있다. 하지만 가정에서 부모를 통해 가르치는 가정교육도 있으며 이 때문에 부모의 역할이 대단히 중요하다. 왜냐하면 세상에 태어나서부터 유치원에 들어가기 전까지가 사람의 인격 형성이 이루어지는 시기이며, 이때 가정교육을 통해 형성된 성품을 갖고 일생 동안 살아가야 하기 때문이다. 부모가 자녀에게 하는 교육으로는 예절교육, 공중도덕, 친구 간 우정 등이 있다. 이때는 부모가 이러한 점에 잘 적응할 수 있도록 화목하고 정을 느낄 수있는 가정 환경을 만들어 주어야 한다.

그런데 우리나라의 부모들은 교육에 대해 지나치게 열성적이고 적극적이다. 부모의 가장 중요한 일은 자녀가 어떠한 자질과 취미를 갖고 있는지를 파악한 후 어떻게 교육할지 그 내용을 결정하도록 하는 것이다. 하지만 우리 부모들은 이러한 고민을 통해 자녀에 대한 교육 내용을 결정하지 않고

부모가 자녀에게 하는 교육으로는
예절교육, 공중도덕, 친구 간 우정 등이 있다.

부모 자신의 의향대로 결정하는 경우가 많다.

　현재 일반적인 가정에서는 자녀들을 방과 후에 여러 보습학원과 예능학원 등을 보내는 까닭에 그들은 하루 종일 학원을 다니느라 심신이 지쳐 좀 쉬고 싶어 할 지경이다. 이에 부모들은 자녀의 심정을 고려하여 무리하게 여러 학원을 보내지 말고 자녀의 의사를 물어 자기가 좋아하고 소질이 있는 학원을 선택해 주면 보다 좋은 성과를 얻을 수 있다. 우리나라의 자녀에 대한 교육얼은 세계적으로 잘 알려져 있다. 지금 우리나라가 선진국의 대열에 이르게 된 것도 우리 부모의 교육열 때문이다. 그러나 위에 언급한 교육에 대한 생각을 조금만 바꾸면 더욱 발전할 수 있다고 본다.

사랑에 빠진 여자에게 취할 좋은 행동

남자가 사귀는 여자에게 신뢰할 수 있고 친절하게 행동함으로써 더욱 가까워지고 친숙해지는 방법을 말하고자 한다.

첫째, 여자가 자신이 모르는 사람을 소개받는 자리에서 남자가 자신을 그냥 이름만 부르지 않고 '나의 여자'라고 소개할 때 여자는 남자에게 귀속감을 얻고 '진짜 이 사람이 나를 좋아하고 있구나.' 하는 생각이 들어 둘의 관계는 더욱 돈독해진다.

둘째, 둘이 만나서 여자가 손수건이 필요할 때 여자의 손수건보다 남자가 소지하고 있는 손수건을 먼저 내밀어 줌으로써 여자는 '이 사람이 정말 자상하고는 멋있는 사람'으로 보게 되어 점수를 따게 된다.

셋째, 유머와 위트 넘치는 어휘를 사용하는 것이 좋다. 둘이 만나서 대화하는 경우 오래 말을 하다보면 나중에는 지루하게 느껴질 수 있다. 이때 남자가 유머와 재치 있는 말을 하게 되면 분위기는 화기애애해지고 기분이 전환될 수 있다. 그러므로 남자가 여자를 만나기 전 재미있는 유머를 준비한다면 여자를 웃게 만들고 마음을 즐겁게 해 둘의 관계는 더 친숙한 관계로 발전하게 된다.

넷째, 여자는 모든 순간마다 의견을 묻는 남자에게 언제까지나 친절하게 답해주지는 않는다. 때로는 남자가 강인한 팔뚝으로 자신을 묶어주기를 원하는데 그건 구속이 아니라 서로에게 귀속된다는 신호인 동시 즐거운 교감으로 적용되어 남자의 신뢰와 개성이 나타나 여성에게는 더 좋은 점수를 얻게 된다.

다섯째, 서로 헤어져 걷다가 다시 한 번 뒤돌아보고 웃을 줄 아는 따뜻함이 있어야 한다. 굿바이 인사를 마치면 딴 사람이 된 것 같아져서는 안 된다. 마지막 한 자락 여운도 남길 줄 모르는 무심함으로 휑하니 스쳐가는 것보다 뒤돌아보고 웃는 남자가 감미로움과 정겨움이 넘쳐흐르는 것처럼 비춰지기 때문이다.

여섯째, 때로는 도를 넘는 말을 사용해야 하는데 이때 하는 말 중에 "나는 오로지 이 세상에 너 뿐이야. 너보다 예쁜 여자는 못 봤어. 이 세상 다하는 날까지 오직 너만을 사랑하고 가꾸어줄게." 라는 속보이는 거짓말도 사실처럼 말할 수 있어야 한다. 겉으로는 선의의 거짓말로 그녀를 하루 종일 유쾌하게 할 수 있기 때문이다.

결론적으로 이상과 같은 것들이 남자가 사랑하는 여자에게 더욱 가까이 다가가는 지름길이라 할 수 있다.

18
부부싸움을 방지하는 법

남녀가 결혼하면 어느 정도 신혼 생활의 달콤한 기간을 가지게 된다. 그런데 이 기간이 지나 자녀를 몇 명 두고 가사 일이 늘어나면 행복하고 즐거웠던 가정에 서로의 의견과 생활방식의 차이로 충돌이 일어나는 것을 종종보게 된다. 이것이 확대되면 결국 부부싸움으로 나타나게 된다.

처음부터 시부모와 같이 생활할 때는 아무리 가사 일이 많고 남편의 태도가 마음에 들지 않더라도 시부모의 눈치 때문에 참고 살게 된다. 그런데 분가하여 가정을 이루게 되면 그때부터 부부관계는 새로운 전환점을 맞게된다. 그리고 여성이 직장을 갖고 있는 경우 직장과 양육의 병행으로 부부싸움을 자주 일으키게 된다.

주된 원인은 남자의 말과 행동 때문이다. 예를 들어 남자가 무의식중에 아내에게 "음식 좀 제대로 만들어 봐." 또는 "시부모를 종종 찾아보고 문안인사를 드려라."는 명령형 말을 하는 것이다. 이외에도 결코 사용하지 말아야 할 "당신이 뭘 안다고 그래?" 하는 논쟁형, "육아는 반드시 여성이 갖고 있는 최고의 가치야." 라는 설교형, "그래서 어떻게 됐다고? 결론만 말해." 라는 식의 대화 재촉형의 언행도 싸움을 자초한다.

좋은 대화 방식은, 상대에게 처음부터 듣기 싫은 말보다는 "당신이 전적으로 잘못된 것은 아니지만 내 생각은 당신과 좀 다르다."라는 표현을 쓰면 자녀가 있는 앞에서는 절대로 싸워서는 안 된다.
자녀는 자기 부모가 사이가 좋고 정답게 지내면
거기에서 가정의 진가를 알게 되고
자녀 자신도 행복을 느끼게 된다.
이러한 것이 자녀의 살아있는 가정교육이라고 할 수 있다.

기분 나쁘게 느끼지 않게 될 것이다.

부부가 지금까지 생활하면서 한 번도 싸워보지 않은 가정은 없을 것이다. 조금씩 싸워 왔기 때문에 오히려 부부 간 동질성을 갖게 되어 평화로운 가정이 된 것이다.

사소한 부부싸움도 원칙을 미리 세우고 철저히 대비하면 얼마든지 극복하고 나중에 승화발전할 수 있다. 부부싸움의 원칙을 생각해 보자.

먼저 싸움을 하더라도 본질에서 벗어나지 않게 의제를 하나만 설정하면 다른 방향으로 흘러가는 싸움은 일단 끝나게 된다.

다음은 지나간 과거는 서로 들추지 않고 대화를 하면 논쟁은 더 확대되지 않는다. 말하자면 공소시효가 지났다고 생각하면 된다.

또한 상대의 약점을 거론하지 말아야 한다. 그것은 평생 아물지 않는 상처가 될 수 있기 때문이다.

다음은 시간을 잘 이용해야 한다. 가사 일을 하는 상대에게 좋지 않은 말을 하면, 일 그 자체만으로도 힘이 드는데 나쁜 말을 들으니 더욱 불쾌해진다.

자녀가 있는 앞에서는 절대로 싸워서는 안 된다. 자녀는 자기 부모가 사이가 좋고 정답게 지내면 거기에서 가정의 진가를 알게 되고 자녀 자신도 행복을 느끼게 된다. 이러한 것이 자녀의 살아있는 가정교육이라고 할 수 있다.

이상과 같은 것이 부부싸움의 원인과 해결방법이라고 할 수 있는데 이러한 부부싸움이 발생할 여건이 있어도 평소 부부가 그 다툼의 내용을 잘 숙지하여 익혀두고 예방법을 알아두면 큰 도움이 될 수 있다.

19

스킨십 안 하면 헤어질까?

사랑하는 사람들끼리 실제로 얼마 동안 만나 보면 서로 사랑에 대한 욕구가 강해지는데 이것이 바깥 행동으로 나타나게 되는 것이 바로 스킨십이다. 유치한 질문 같지만 실제로 이 문제 때문에 진지하게 고민하는 여성들이 의외로 많다. 스킨십 플러스를 위해 남자들이 날리는 말투와 '정말 스킨십을 거부하면 헤어질까?' 하는 우려 때문이다.

남자들이라고 해서 다 그것을 요구하는 것은 아니지만 남자들은 속성상 '언제나 한 번 그것을 시도해 볼까?' 하며 기회를 엿보고 있다. 그러므로 이것은 보통 남자들의 생각과 태도에 달렸는데, 이는 때와 장소가 적절해야 한다. 즉, 둘만의 사랑의 연정을 느끼는 장소에서 두 사람의 관계가 서로를 원할 때만 그것이 이루어질 수 있다. 한편 남자들이 원하는 대로 일방적으로 끌려 다닌다고 해서 그 관계가 오래 유지되는 것 역시 아니다.

'스킨십의 강도는 애정도'라는 식으로 표현하는 남자들의 말은 그래도 애교스러운 협박 정도로 생각하는 것이 좋다. 그 표현은 아무리 진지하고 엄숙하여도 돌아서면 모두 잊게 되는 것이 남자들의 심리이다. 헤어지고 싶다고 마음 먹은 남자가 여자의 스킨십 때문에 붙잡히는 경우는 거의 없으며, 헤어지기 싫다고 생각하였지만 스킨십을 제대로 받지 못해 헤어졌다는 얘기는 말도 안 되는 소리이다. 뻔한 얘기지만 결국 문제는 사랑이다. 상대방에 대한 배려로 스킨십의 수위를 지키고 조절하는 것도 사랑이다. 이 핑

상대방에 대한 배려로 스킨십의 수위를 지키고
조절하는 것도 사랑이다.

계 저 핑계 헤어지겠다고 결심하는 것은 결국은 사랑이 식었기 때문이다.

스킨십은 두 사람의 사랑을 확인시켜주는 작은 계기가 될 수 있을지는 모르지만 이미 꺼져버린 사랑의 불씨를 새로 피워내는 역할을 하는 것은 아니다. 스킨십으로 상대의 마음을 붙잡으려는 시도는 하지 않는 것이 좋다. 물론 갑자기 스킨십을 중단하는 것이 쉽지는 않다. 그리고 갑자기 그렇게 하는 것도 아니다. 다만 서로 간에 허용되는 스킨십의 수위에 관해 진지하게 이야기해 볼 필요는 있다.

스킨십의 강도가 세다고 애정이 강한 것이 결코 아니다. 작은 스킨십으로 충분히 친밀감과 충족감을 느끼는 것이 가능하다. 그러므로 노력조차 해보지 않고 무조건 여자 쪽의 스킨십 거부만을 문제 삼는 남자는 미래에도 중요한 문제가 생길 때 그렇게 여자의 탓을 하며 피해갈 확률이 높은 남자이다. 솔직하지 못한 남자, 비겁한 남자는 매사에 표시 나는 법이다.

스킨십의 마지막 단계라고 해서 실제 사이가 좋아지는 경우도 있지만 상당히 많은 남자가 스킨십 후 사랑의 결실이 아닌 사랑의 종지부가 될 수 있는 이 점 명심하여야 한다. 적절한 시기와 무르익은 분위기 속에서 진심어린 스킨십을 가질 때만이 두 사람의 사랑의 열매가 맺어지게 되는 것이다.

사랑하는 것은 언젠가는 이별의 소야곡이 된다

현재는 서로 사랑하더라도 언젠가는 이별을 맞이하는 날이 올 수 있다.

"둘이 만나서 식사하며 다른 약속을 버리고 끝까지 고집을 피우며 나를 만나러 달려왔습니다. 늘 맛있는 것을 먹여주고 싶다며 정성껏 메뉴를 고르고 제 앞에 환하게 웃었습니다. 그는 내 앞에서만은 유머와 재치 있는 말로 나를 기쁘게 하였고 통화나 문자 메시지를 통하여 내게 좋은 기분을 갖게 하였습니다.

시간이 흐른 후 어느새 그는 제가 편해졌습니다. 주말이면 늘 함께하던 우리였는데 제게 말없이 다른 약속을 잡습니다. 어떤 날은 친구와의 약속, 어떤 때는 회사 동료들과의 약속… 이제는 나 아닌 다른 사람들도 그의 눈에 보이나 봅니다.

하지만 이 또한 그가 나를 사랑하는 방식인 것 같아서 그 모습대로 존중해 주었습니다. 변하지 않을 것 같던 그 사람도 시간 앞에서는 어쩔 수 없나 봅니다. 그에게는 나 말고도 챙겨야 할 것이 많은 것 같으니까요. 그래도 얼마 동안 나에게 최선을 다해서 사랑한 사람이니까요. 그래도 마음 한편에 씁쓸한 마음이 드는 건 어쩔 수 없나 봅니다. 이 사람은 다를 것이라고 믿었는데 역시나 같습니다.

이제는 혼자 남겨집니다. 새로 산 장난감이 신기해서 한동안 끌어안고 다니다가 이제는 새롭지 않고 더 알아갈 것이 없다는 생각에 마음이 시들해진 것이겠지요. 이제는 그를 만나지 않고 혼자 사는 연습을 하려 합니다. 그를 만나기 전에 혼자 밥을 먹고, 혼자 영화를 보고, 혼자 여행을 즐겼던 것처럼 그렇게 혼자 서 보려고 합니다. 그를 만나기 전에는 무엇이든 혼자서 잘하던 사람이었으니까요.

이제는 사랑에 모든 것을 쏟아 붓는 것이 아니라 내 삶에 귀 기울이려 합니다. 저와 꼬옥 붙어 있으며 했던 그 사람 때문에 만나지 못했던 친구들도 만나고, 그동안 그 사람 때문에 하지 못했던 일도 시작하려 합니다.

그 사람이 앞으로 변할 제 모습을 어떻게 받아들일지 궁금합니다. 한 가지 부탁이 있다면 그마저를 탓하지 않았으면 합니다. 제가 혼자서 서는 연습을 하는 것은 저를 혼자 둔 그 사람 때문인데 '갑자기 왜 그렇게 변하냐?'며 저를 다그치면 그에게 화가 날 것 같습니다. 저는 갑자기가 아니었으니까요. 수없이 상처받은 마음을 간직했으니까요.

우리의 사랑은 남들과 다른 사랑인 줄 알았으나 우리도 남들과 같이 사랑하다가 이별을 맞을 수 있다는 생각이 문득 스쳐갑니다. 그가 나에게 보여준 모습이 다른 인연과 달라서 마음을 주었는데 너무 많이 준 것을 이제는 거둬야겠습니다. 사랑은 영원불변한 것이 아니고 수시로 상황에 따라 달라지니까요."

결론적으로 사랑은 항상 언젠가는 이별이 온다는 생각을 갖고 사랑해야 한다는 교훈을 갖게 하는 계기가 되었으면 한다.

21

남자가 결혼하고 싶은 여자

　　남자는 여자를 선택하여 가정을 이루게 되는데, 서로 교제하는 과정에서 다음과 같이 여자가 반드시 지켜야 할 덕목을 살펴보고 결정하면 결혼에 도움이 된다. 중요한 부분을 대략 여섯 가지 정도로 들 수 있는데

　　첫째, 여자다운 상냥함과 애교를 들 수 있다. 여자는 모든 사람에게나 친절하고 상냥해야 하지만 특히 결혼상대자인 남자에게는 환한 미소와 상냥한 말씨로 대해야 한다. 그러면 더욱더 관계를 돈독히 할 수 있고 상대방 남자는 가정의 소중함을 느끼고 그 분위기에 동조하게 된다.

　　둘째, 거짓이 없고 진솔한 성품을 지녀야 한다. 여자는 모든 사람에게 좋은 모습을 보여야 하는데, 특히 결혼할 남성에게는 조금의 가식도 없고 진정성이 있어야만 남자는 더욱더 믿음을 가지고 신뢰할 수 있게 된다.

　　셋째, 여자는 부지런한 성품을 가져야 한다. 가정을 이루면 일반적으로 경제적 문제는 남성이 해결하지만 가정의 살림살이와 위생문제는 여자가 담당한다. 항상 청결하고 깨끗하게 정리정돈된 상태는 그 가정을 더욱더 돋보이게 한다.

　　넷째, 사치하지 않고 낭비하지 않는 검소한 마음가짐을 가져야 한다. 이를 위해 가정의 생활용품, 필요한 물품이더라도 당장 필요한 것이 아니라

면 함부로 사올 것이 아니라 그때 필요한 물품만 구입하여야 한다. 특히 물건을 구입할 때 마구잡이로 소비해서는 안 되고 검소한 생활이 몸에 배어야 한다.

　다섯째, 음식 솜씨가 좋아야 한다. 인간은 음식을 먹을 때 행복을 느끼고 좋은 건강을 유지할 수 있기 때문에 여성은 맛이 있고 정갈한 음식을 만들기 위해 노력해야만 한다. 음식 솜씨는 타고난다고 하지만 솜씨가 별로인 사람일지라도 음식에 관심을 갖고 집에서 만들어 보고, 이마저도 어려우면 요리학원에 나가서 솜씨를 익힐 수 있다. 그러므로 약간만 성의를 가지면 일류 요리사는 아니어도 어느 정도 음식을 맛있게 할 수 있다.

　여섯째, 대인관계를 원만하게 하는 여성이 좋다. 누구와도 대화가 잘 통하고 잘 사귀고 어울리는 성품을 가져야 하고, 특히 시댁 식구들과 항상 돈독하고 화합하는 성품이면 그 가정은 화목하고 화기애애한 가정이 된다.

조승부 수필집

22

여자가 결혼하고 싶은 남자

　여자가 결혼을 위해 남자를 선택함에 있어 중요하게 생각하는 요소는 대략 다음과 같은 것들이 있다.

　첫째, 남자의 현재 직업도 중요하지만 여기에 못지않게 더 중요한 것은 미래의 비전을 갖고 있는 사람이어야 한다는 것이다. 학벌도 중요하지만, 현재 직장이 미래가 밝고, 자신이 그 직장에서 실력을 인정받으며, 나중에는 그 직장에서 상위의 직위까지 올라갈 수 있는 능력을 갖고 있는지를 알아야 한다.

　둘째, 현재 본인의 재산 상태가 양호한지를 알아야 한다. 가정생활에 있어 경제적 여건은 그 비중이 대단히 크다. 이것은 일시에 호전될 수 없기에 지금까지의 재정상태를 살펴보아야 한다. 요새 젊은 사람들은 주식투자나 부동산 등 재테크에 관심이 많다. 그러므로 주식이나 금융상품을 어느 정도 소지하고 있는지, 가정생활에 필요한 아파트, 토지 등의 소유 여부를 파악하여야 한다. 이는 결혼에 반드시 필요한 요소이기 때문이다.

　셋째, 거짓이 없고 순박하고 진실한 사람이어야 한다. 남자의 속성은 자기 마음에 드는 여성이 있으면 어떠한 수단방법을 쓰더라도 자기 사람으로 만들겠다는 본성이 있다. 때문에 거짓말 하는 사람은 배제하고 정말 진솔하고 솔직한 성품을 지닌 사람을 선택하여야 한다. 그런데 이러한 성품은 이중적 성격을 지녔기에 잘 파악이 안 되므로 상황변화를 만들어서라도 끝까지 남성의 본성을 파악하여야 한다. 그래야만 성격이 원만하고 마음씨가 너그러운 배우자를 선택할 수 있을 것이다.

넷째, 사랑에 몰두하는 사람보다 언제나 평범하게 사랑을 느끼는 남자여야 한다. 과유불급(過猶不及)이라는 말이 있다. 지나치면 모자람보다 못하다는 뜻이다. 서로가 사귈 때 지나치게 많은 전화나 문자 메시지를 보내 사랑에 집착하는 사람은 좋지 않다. 언제나 평범한 마음으로 일상적으로 전화하는 사람이 좋다. 왜냐하면 그런 사람은 일시적으로 사랑하다가 나중에는 식어버리는 성품인 것이 일반적이기 때문이다. 그런 사람보다 언제나 자주는 아니더라도 그때그때 상황에 맞춰 연락을 하는 사람이 더 좋다.

다섯째, 낭비벽이 없고 검소한 사람이 좋다. 아무리 재정이 좋더라도 무절제하게 쓰면 금방 바닥이 나므로 계획을 세워 유효적절하게 사용할 줄 아는 사람이어야 한다.

여섯째, 가정을 우선적으로 생각하여 자기의 아내와 자식을 아껴주고 휴일은 가족과 함께 즐기면서 가정의 화목을 우선으로 여기는 사람이 좋다.

23

현재 사귀는 상대방의 결혼 의사를 아는 요령

결혼하기 위해 지금 사귀는 상대방의 뜻을 알기는 참 어렵다. 관계를 지속하다가 막상 결혼 이야기가 나오면 그제야 현실적인 문제에 부딪히는 경우가 있다. 이때는 매우 당황스러울 수 있다. 결혼을 고려할 만큼 깊게 서로 마음을 나누고 애정을 준 이후이기 때문이다. 매번 문제를 느꼈을 때 빨리 관계를 매듭지어야 한다고 하지만 이것을 실행하기도 쉽지 않은 일이다. 이러한 가운데 가장 큰 문제는 현실적인 부분을 생각하기 싫어서 감정적인 부분들만 중요하게 다루어 왔을 때이다. 감정적인 부분들이 자리 잡은 뒤에 뭔가 아닌 것 같다는 느낌을 받게 되는 경우 이런 연애를 해온 사람들은 시간이 쌓일수록 오래 쌓아온 감정 때문에 더 헤어지지 못한다.

그렇다면 어떻게 이런 상황을 방지할 수 있을까?

만나서 처음 사귄 후 나누는 대화에서 알 수 있다. 서로 대화를 가장 많이 나눌 수 있는 시기는 연애 초반이다. 그때는 서로에 대해 '있는 얘기, 없는 얘기'를 다 들을 수 있을 때이다. 관계 초반에 자기와 결혼까지 생각하는 사람인지, 어느 정도까지 나와 미래의 보금자리를 같이 할 수 있는 사람인지를 파악한다면 이후에 당황스러운 현실을 마주할 가능성은 대부분 사라진다. 어느 정도 만남을 지속하다가 진지한 관계로 발전될 것 같다면 그 사람에 대해 많이 물어보고 들어봐야 한다.

현실적인 문제에 대해 대놓고 물어보기 어렵다면 그 사람이 지금까지 어떻게 살아 왔는지에 대해 집중해서 들어봐야 한다. 이때에는 상대방의 태도를 유심히 살펴야 한다. 상대방이 현실적인 문제에 대해 이야기하기를 꺼린다면 그 사람은 결혼할 준비가 전혀 되어있지 않아서 지금 당장은 자신과 결혼할 의사가 없는 것이라 볼 수 있다.

상대방이 결혼 자체에 대해서 부정적이거나 또는 결혼할 의사가 없는 스타일이 아닌 이상 자기가 결혼할 준비가 되어 있다면 스스로 이야기를 하지 않을지라도 그런 주제의 이야기가 나왔을 때 말을 하지 않는 경우는 드물다.

자기와 생각이 전혀 다른 사람과 하등 만날 이유는 없다. 결과적으로 이런 사람과는 사귀기 힘들고 오래 가기도 힘들다. 만일 바로 결혼할 의사가 있다면 하루 빨리 새로운 사람을 찾아 나서야 한다. 이것이 자신은 물론 상대방에게 좋은 일이라 할 수 있다.

사랑의 속성

사랑은 언제든지 할 수 있는 것이 아니다. 충분히 연애를 해보고 연인 사이에서 일어날 수 있는 다양한 경험을 해보면, 남녀관계에서 무의미한 실수를 줄일 수 있을 뿐더러 앞으로의 관계에서도 위기를 잘 헤쳐나갈 수 있다.

결혼할 때 자신이 좋아하는 사람과 자신을 좋아하는 사람 둘 중 어느 쪽을 택하는 것은 문제가 아니다. 진짜 문제는 누군가를 진심으로 좋아하는 연애를 해본 적이 없는 경우다. 이런 경우에는 어느 쪽이라도 문제가 된다.

나를 좋아하는 사람과 결혼한다면 '내가 좋아하는 사람과 결혼했더라면 지금보다 행복하지 않을까?' 하는 후회나 미련이 남는다. 이에 반해 내가 좋아하는 사람과 결혼을 한 경우에는 '나만 바라보는 사람과 결혼했더라면 어땠을까?' 하는 아쉬움이 남는다. 그렇기에 한 살이라도 어릴 때 누군가를 실컷 좋아하고, 힘들어도 해보고, 마음껏 그리워도 해 보아야 한다.

지금의 좋은 감정을 오래 유지하려면 어떻게 해야 하는지도 미리 생각해 두어야 한다. 이러한 경험을 충분히 해봐야 결혼 후에도 후회가 없다. 로맨스에 대한 막연한 기대나 남녀관계에 대한 미련이 없을 뿐더러 앞으로의 관계에서도 위기를 잘 헤쳐나갈 수 있다. 나이가 들수록 연애의 기회가 줄어드는 것은 어쩔 수 없는 현실이다. 연애 없이 시간을 보내다가 어떤 계기로

한 살이라도 어릴 때 누군가를 실컷 좋아하고,
힘들어도 해보고, 마음껏 그리워도 해 보아야 한다

결혼할 수도 있고, 결혼하고 보니 남녀관계에서 일어날 수 있는 일을 충분히 경험해보지 못한 것이 후회가 될 수도 있다.

그러니까 연애는 언제든지 할 수 있다고 생각하지 말고 지금 해보는 것이 좋다. 원 없이 좋아해보고 슬픈 고민에 잠겨도 보고 하는 등 여러 가지 감정을 느끼는 시기가 정말 필요하다. 이러한 경험이 현재 살고 있는 삶에 보람과 만족감을 주게 한다.

25

사랑의 힘

사랑을 하게 되면 많은 에너지가 발생한다. 그 에너지는 상상을 초월할 만큼 강하고 힘이 넘친다. 사랑을 하면, 사랑하는 이에게 최선을 다하는 마음으로 인해 보이지 않는 힘, 즉 자신감을 갖게 하는 신비한 능력이 생긴다. 목숨이 위협받는 긴박한 상황에서도 자신의 몸을 사리지 않고 사랑하는 사람을 위해 과감히 상대와 맞서는 힘을 가지게 한다. 또한 사랑은 예술가에 있어서는 창조적인 에너지를 뿜어 훌륭한 작품을 만들어 준다. 이 사랑은 단순한 이성만의 사랑이 아니고 넓은 의미의 사랑이다.

어찌되었든 사랑은 참 좋은 것이다. 사랑의 힘으로 인간은 자유롭고 행복해질 수 있다. 또한 사랑 앞에서는 불가능도 가능하게 되고, 도저히 용서할 수 없는 일까지 용서가 된다. 이것은 사랑만이 지닐 수 있는 그 힘이 함께하기 때문이다.

사랑은 무한한 에너지를 품고 있다. 사랑의 에너지가 그 어떤 것보다 강한 것은 사랑하는 이를 향한 열정적 사랑에서 발생하는 에너지 때문이다. 한 번 뿜어져 나온 에너지는 멈추지 않고 계속해서 새로운 에너지를 뿜어낸다. 그래서 사랑을 하게 되면 슈퍼맨처럼 된다. 이 모두 긍정적이고 생산적인 사랑의 힘이 작용하기 때문이다.

사랑을 하게 되면 슈퍼맨처럼 된다.
이 모두 긍정적이고 생산적인 사랑의 힘이 작용하기 때문이다

사랑은 보이지 않는 것을 보게 하고 들리지 않는 것을 듣게 한다고 한다. 이것은 사랑의 힘이 얼마나 크고 위대한지를 알려주는 말이다. 참 좋고 아름답고 충만한 삶을 살고 싶다면 지금 즉시 사랑을 하고 또다시 하라. 그러면 좋은 열매를 얻을 것이다.

결론적으로 사랑의 힘은 이 세상 어떤 것보다 강하고 위대하다. 사랑이 함께하는 순간 고민은 사라지고 불가능한 것도 가능하게 하여 아름답고 행복한 순간을 갖게 할 수 있는 것이다.

26

사랑한 사람과의 이별 뒤의 후유증

마음을 너무 많이 나눴던 사람과 내 중심을 잃고 살았던 적이 있다. 사람을 잘 못 믿고 사람의 마음을 더더욱 못 믿는 편인데 그 사람은 믿기지 않는 것들을 믿고 살게 만들던 사람이었다. 누가 시킨 것도 아닌데 자꾸 마음을 주고 싶어 한다. 그런 그와의 이별은 큰 고통이었다. 처음 이별을 해 본 것도 아닌데 처음 이별을 해 본 것처럼 헤맸다.

내일은 헤어지자 해놓고 이별을 받아들이지 못했다. 주위 사람들에게 그 사람과 헤어졌다는 말조차 하지 않았다. 언젠가 다시 만나게 될 것 같아서, 헤어졌다가 다시 만난 사실을 알면 주위 사람들이 우리 관계를 가벼이 볼까 나는 이별했음에도 이별하지 않은 척 살았다. 그러나 혼자가 아닌 척 하는 행동에 대해 주위의 사람들이 나의 안부와 기분을 묻기 시작하여 결국 모든 사람들이 다 알게 되었다.

감정의 기복이 심해지고 자꾸만 외로움에 젖어 들었다. '이별의 후유증이란 이런 것이구나.'라고 느끼고 새로운 사람을 만나야겠다는 생각이 들었다. 이를 실천하기 위해 평소 참석하지 않던 모임도 나가고 지인에게 '좋은 사람 좀 소개해 달라'고도 했다.

새로운 사람들과 어울리니 당장 그 자리에서 즐거운 감정을 가질 수 있었으나 일정이 다 끝나고 집의 현관문을 열면 칠흑 같은 어둠속에서 그 사

제대로 헤어지고 보니 이제야 주변을 둘러볼 수 있었고,
나와 가까이 있는 것이 비로소 보이기 시작하여
지금은 새로운 행복을 맞이하게 되었다.

람과의 만남이 떠올랐다. 빨리 마음을 멈추려고 하였으나 잘 되지 않는다.
'헤어진 그 사람이 계속 내 곁에 있구나.' 하는 생각이 새삼 떠오른다. 그래
서 나는 내 마음속에 있는 그를 먼저 내보내기로 마음먹었다.

그동안 사귀면서 알게 된 사람의 전화번호, 문자내용, 편지, 선물 등을
다 지우고 없애버렸다. 사실 그것을 지운다고 사라지는 것은 아니지만 눈
앞에 보이지 않는 것이 우선이라고 여겼다. 그러는 동안 마음이 한결 가벼
워졌다. 그동안 마음 한 구석이 무거웠는데 더 이상 그렇지 않았다.

시간이 지나면 이 감정이 무너질 줄 알았다. 시간이 해결해 준다고 하니까, 이별을 위한 시간이 더 필요할 줄 알았기 때문이다. 그를 많이 사랑했으니까 많이 사랑한 시간만큼 이별할 시간도 필요한 거라 생각했다.

하지만 아니었다. 그 사람을 내 안에서 내보내지 못하고 정처 없이 시간만 보내는 건 아무런 의미가 없는 일이라 본다. 그 사람과 제대로 된 이별을 하지 않은 후유증이라 하겠다.

제대로 헤어지고 보니 이제야 주변을 둘러볼 수 있었고, 나와 가까이 있는 것이 비로소 보이기 시작하여 지금은 새로운 행복을 맞이하게 되었다. 나를 즐겁고 행복하게 만드는 새로운 일이 생겼고, 나를 진정으로 사랑하는 사람이 다가왔고, 나를 즐겁게 만드는 미래가 열렸다.

이상과 같이 사랑하는 사람과 헤어질 땐 그 상처를 최소한 적게 하고 새로운 미래를 출발하게 함으로써 결국은 사랑하는 사람과의 이별 후유증을 최소화하고, 어떻게든 승화 발전시켜 나가는 것이 최고의 방법이라 하겠다.

27

사랑을 행동으로 표시하는 법

청춘남녀가 절대적으로 생각하는 것은 사랑입니다. 사랑이야말로 우리 인생에서 가장 소중한 것이며, 그 중 가장 으뜸인 것은 남녀의 사랑입니다. 그러나 남녀가 사랑에 빠져 있을 때는 거기에 빠져 보통의 남자도 좋은 남자로 착각하는 경우가 있고, 자기 스스로 좋은 남자라고 위로하는 경우도 있습니다.

그러나 생각만이 아니라 사랑으로 인해 진심 어린 행복을 느끼길 원한다면 몸으로 표현하는 것이 두 사람이 더 가까워질 수 있는 계기가 될 것입니다. 몸으로 표현한다는 것은 동물처럼 몸으로 구애하는 것이 아닙니다. 인간에게는 다른 동물에는 없는 언어라는 강력한 의사소통 도구가 있어 그것을 유효적절하게 사용하는 것이 몸으로 표현하는 것이 될 것입니다. 두 사람 사이 마음속으로는 사랑하고 있다 하더라도 말과 행동으로 나타내지 않으면 그 마음이 상대에게 전해지지 않습니다. 또한 어떠한 형태로든 자신의 마음을 전하지 않는다면 그 사랑은 더 진전되지 않을 것입니다.

말로써 자신의 마음을 고백하는 것이 어렵다면 그 대신 다른 방법으로 사랑한다는 표현을 얼마든 할 수 있습니다. 예를 들면 상대의 생일에 선물을 하는 것도 하나의 방법이 되고, 그때 그 선물 속에 편지를 끼워 자신의 마음을 전달할 수 있으면 더욱 좋을 것입니다. 최근에는 생일뿐 아니라 발

191
조승부 수필집

렌타인데이, 화이트데이, 크리스마스, 연말연시 등 기회가 아주 많습니다. 그러므로 그것을 핑계 삼아 선물을 선사하는 일은 그리 어렵지 않은 일인데, 효과는 의외로 큽니다. 상대방이 같은 직장내에 있을 경우에는 사내 야유회나 서클 활동, 동호회 등을 이용하는 것도 좋은 방법이 됩니다. 이러한 경우에는 모두 일에서 해방되어 긴장이 풀어져 있으므로 어떤 식으로든 사랑을 표현할 기회가 많아집니다.

사랑이란 수동적으로 기다리기만 해서는 안 되고 적극적으로 창출해 낼 지혜가 필요합니다. 우연을 가장해 상대가 가는 카페에 가보든지 상대가 매일 타고 내리는 역에서 우연인 것처럼 만나는 것도 좋은 방법입니다. 이러한 행동을 겉으로만 보면 나쁜 일처럼 보일지 모르나 결코 나쁜 일이 아닙니다. 이 정도의 적극성과 용기는 정말로 필요한 행동입니다. 옛날에는 사랑의 고백을 오로지 남자만이 하는 것, 여자는 단지 그것을 기다리는 것으로 알려져 왔으나 지금은 그러한 시대가 지나서 새로운 양상이 요구되는 시대입니다.

특히 여성의 경우 자기가 특별히 예쁘지도 못생긴 것도 아닌 보통의 평범한 여자인데, 아직 사랑하는 상대가 없다면 가장 먼저 '무의식중에 남자가 싫어하는 타입이지 않은가? 자신도 모르는 사이에 교양 없이 행동하고 있지 않은가?' 등 여러 가지 요소를 한 번 돌아보는 것도 필요합니다. 자신은 조건을 만족시키도록 행동하고 있다 해도 다른 사람이 그렇게 보아주지 않는 경우도 많습니다. 혹 그럴 때는 친한 친구를 통해 객관적으로 솔직하게 자신의 단점을 지적받아 보는 것도 좋습니다. 예전의 남성들은 좀 저돌적인 면이 있었습니다. 자기 마음에 들거나 좋아하는 여성이 있으면 그 여자를 차지하기 위해 곧잘 돌진해오는 경우가 종종 있었습니다. 그렇지만 지금의 젊은 남성들은 그런 야만성, 적극성에 그다지 익숙해 있지 않습니다. 마음속으로는 좋아하면서도 그것을 분명히 말할 용기가 없습니다. 때문에 요즘의 사랑은 단지 기다리고만 있어서는 시작이 되지 않는다는 생각을 해야 합니다. 여성이 애교 있는 행동, 약간의 쌀쌀한 태도를 취하면 남성은 그것을 오히려 장점으로 생각하고 이러한 여성을 '반드시 나의 사람으로 만들어 보겠다'는 생각으로 더욱 적극적으로 임하게 됩니다.

우리 사회는 남성 대 여성의 비율이 거의 반반이라 반드시 연인이 나타나게 되어 있습니다. 그때를 위해서 자기 삶에 충실하다 보면 반드시 자기의 목적을 달성하게 됩니다.

28

중년부부가 반드시 알아야 할 애정의 표현법

　우리 인간은 태어나서 어느 정도 성장기를 지나면 결혼이라는 관문을 통과하게 되어있습니다. 이때 남자와 여자는 한 가정을 이루며 생활하게 됩니다. 그런데 거기까지 도달하는 과정을 살펴보면, 연애결혼이든 중매 결혼이든 간에 상관없이 신혼 초기에는 그렇게 행복하고 즐거웠던 것이, 시간이 지나 지금에 와서는 허무하게 깨어지고 냉엄하고 적나라한 현실을 맞게 됩니다. 처음에 본인들은 행복한 결혼생활이 사랑의 열매이자 자기들의 지친 삶의 탈출구로 생각해왔습니다. 그러나 세월이 흘러 더 이상 이러한 생각할 여유조차 없는 현실이 되고 마는 것입니다.

　결혼은 사랑만으로는 살 수 없고 경제, 자녀의 교육 문제, 집안의 대소사 문제, 때때로 생기는 부부간의 의견충돌 등 여러 가지 문제가 뒤따르게 됩니다. 만일 가정에서 이러한 어려운 문제에 부딪치면 우리 인간은 누군가의 도움을 절실히 필요로 하게 됩니다. 자신이 이 문제를 혼자 해결치 못할 때는, 자기가 제일 가까운 사람에게 도움을 요청하는데 대개 남자는 자기 아내이고 여자는 자기 남편이 됩니다.

　그런데 실제로는 이러한 문제가 서로 보이지 않는 자존심이 앞서기 때문에 쉽고도 어려운 일이 된다고 합니다. 그러므로 이러한 경우 남자, 여자 구별 없이 먼저 다가서서 상대방의 마음을 읽고 서로에게 감동을 주는 일을 하면 생각보다 쉽게 좋은 결과를 얻을 수 있습니다. 특히 우리 사회에서는 젊은 사람들의 경우 자기 생각을 그대로 잘 표현하지만, 좀 나이가 든 중년 세대는 표현방법이 어색하고 서투른 것이 현실입니다. 그러므로 중년 세대는 마음속으로는 상대방을 사랑한다고 생각하지만 자격지심으로 인해 실제로는 행동으로 옮기지 못하는 경우가 대부분입니다. 그 원인은 예로부터 내려오는 권위주의 문화가 익숙해져 있기 때문입니다. 이러한 남자의 생각에 대응하여 여자가 집안일에 앞서 나서는 것을 좋지 않게 생각하는 선조부터 내려오는 관습 때문에 여자가 먼저 나서기는 더욱 어렵습니다.

인간은 어려운 일을 당할 때 누군가 나서서 분제를 해결해주기 바라는 속성을 갖고 있습니다. 문제가 그때그때 해결되지 못하고 쌓이게 되면 건전한 가정이 될 수 없고 나아가 가정 자체의 존립마저도 위협받게 됩니다.

그러면 이러한 문제를 해결하기 위한 슬기로운 방법이 무엇이 있는가를 생각해 보기로 하겠습니다. 알고 보면 그 방법은 쉽고도 단순한 것입니다.

첫째, 남자의 경우 직장에서 퇴근하고 집에 오면 대문을 열고 들어서서 아내를 보게 되는데 이때 자기 아내에게 하는 말이 "여보, 가사 일에 얼마나 수고가 많았소?"라고 하면서 "당신이 다 하지 못한 일이 무엇이오?"라고 헛말이라도 하면 아내는 상당히 좋아하는 표정을 지을 것입니다. 특별히 아내의 마음을 더 좋은 방향으로 이끌기 위해서는 퇴근 때 근처 꽃가게에 들러 꽃 한 송이를 사서 아내에게 전달하면 아내는 그 행동에 감동하여 환하게 웃음을 띠게 될 것입니다. 이때 상대에게 스킨십을 보이면 더 효과적일 것입니다.

　둘째, 여성의 경우에는 남자가 출근할 때 문 입구에서 가벼운 스킨십을
해주고 "잘 다녀오세요."라고 말을 하면, 남자는 직장에서 하루 종일 기분
이 좋고 일에서도 상당히 능률을 올리게 될 것입니다. 또한 남편이 직장에
서 오후 좀 한가한 시간일 때 아내가 한 번 정도 전화 또는 문자메시지로
"여보, 오늘 하루 힘들었죠? 당신이 좋아하는 저녁상을 준비할 테니 바로
집으로 오세요."라고 하면 남편은 하루 동안 지친 피로가 확 풀리고 기분
좋게 일을 할 수 있을 것입니다.

　이처럼 부부간 가까워질 수 있는 방법은 먼 데에 있는 것이 아니고 아주
가까운 데 있으므로 남녀가 이것을 교훈 삼아 꾸준히 실천하다 보면 여생
을 보다 보람있고 즐겁게 보낼 수 있을 것입니다.

조승부 수필집

조승부 작가 소개

- 연세대 행정대학원 석사과정 수료
- 서울특별시 공무원 재직
- 영진주택 대표
- 통일국민당 은평구 사무국장
- 손에 손잡고 운동 본부 사무총장
- 내외결혼 신문사 이사
- 서울시장상 수상
- 보건복지부 장관상 수상
- 국무총리상 수상

저자와의
협의하에
인지생략

조승부 수필집

일과 결혼에 성공하는 법

2023년 5월 13일 초판 1쇄 발행
지은이 | 조승부

펴낸곳 | (주)이화문화출판사
펴낸이 | 이홍연·이선화
주소 | 서울시 종로구 인사동길 12, 311호
이메일 | 7389880@naver.com
인터넷 홈페이지 | www.makebook.net
출판등록 | 제300-2012-230
전화 | 02-732-7091~3(도서주문처)
팩스 | 02-725-5153
일러스트레이션 | 김천정
표지제자 | 매곡 조윤곤
총괄디자인 | 원일재

값 20,000원
잘못된 책은 바꾸어 드립니다.

ISBN 979-11-5547-000-8